금정연   서평을 쓰지 않는 서평가. 『서서비행』 『난폭한 독서』
        『실패를 모르는 멋진 문장들』 『아무튼, 택시』등을 쓰고
        『문학의 기쁨』을 함께 썼다.

담배와 영화
Cigarettes and Film

혹은: 나는 어떻게 흡연을 멈추고
영화를 증오하게 되었나

—

금정연

시간의흐름。

담배는 시간을 연기로 바꾼다.
그것은 픽션이다.
영화는 시간을 공간으로 바꾼다.
그것은 픽션이다.
이 책은 픽션을 픽션으로 바꾼다.
그것은 이 책이다.

책에는 하나의 시작과 하나의 결말이 있다는 생각에 나는
동의하지 않는다. 좋은 책에는 전혀 다른, 작가의 예지
속에서만 서로 연관성을 갖는 3개의 시작이 있을 수 있고,
그에 더해 100배가 넘는 결말이 있을 수 있다.
— 플랜 오브라이언, 『헤엄치는-두 마리-새』

이 책에는 시작과 끝이 없고, 중간도 없다. 어느 책이든
존재 이유가 있다는 말이 맞다면, 이 책은 책이 아니다.
이 책은 일기가 아니고, 신문에 연재되는 글도 아니다.
일상의 사건에서 벗어나 있다. 그냥, 읽는 책이다.
— 마르그리트 뒤라스, 『물질적 삶』

차례

"실패하더라도 상관없습니다. 왜냐하면 우린 이미 실패한 사람들이기 때문에, 실패하더라도 지금의 우리와 그리 큰 차이는 없을 겁니다."

— 페드로 알모도바르

• 남진, 〈둥지〉(1999)

1

경고. 이 책은 순전한 허구다. 그러나 많은 부분은 사실이다. 이 책에 등장하는 인물이나 단체, 작품 및 기타 등등은 사실과 다르지만 같을 수도 있다(중세의 철학자들을 따라 영원의 관점으로 응시하면 대부분의 문제가 그렇다). 이 책은 샐리 브라운의 인생철학을 따른다. 1996년 8월 3일 샐리 브라운은 찰리 브라운에게 자신의 새로운 인생철학을 선언한다.

　①무슨 상관이람? (Who cares?)

　②난들 알아? (How should I know?)

　③인생은 계속된다. (Life goes on)

2

담배는 시간을 연기로 바꾼다. 그것은 픽션이다. 영화는 시간을 공간으로 바꾼다. 그것도 픽션이다. 이 책에서 나는 픽션을 픽션으로 바꾼다. 그것은 두 배의 픽션. 혹은 그냥 픽션. 어쩌면 (절반의) 현실. 아니면 현실인 동시에 픽션인 무엇……이든 무슨 상관이며 난들 알겠는가?

　인생은 계속된다. 그리고 이 책은 이런 노래와 함께 시작한다.

　　현실일까 꿈일까 사실일까 아닐까
　　헷갈리고 서 있지마 우*

13

3

2015년 1월 5일 영화 〈아메리칸 스나이퍼〉(2014)를 홍보하기 위해 '지미 팰런의 투나잇쇼'에 출연한 브래들리 쿠퍼는 우스꽝스러운 가발을 쓰고 자신의 마흔 번째 생일을 자축하며 특별한 공연을 펼친다. 1969년 발매된 닐 영의 노래 〈강을 따라 아래로Down By the River〉의 기타 솔로를 연주한 것이다. 기타 없이, 에어 기타로. 그는 음악에 맞춰 정확한 타이밍에 스트로크를 하고 코드를 잡으며 2분 50초 동안 연주하는데, 소파에서 시작한 공연은 플로어를 거쳐 관객석으로 이어진다. 스타 이즈 본. 아마 닐 영이 직접 나온다고 해도 공중파 토크쇼에서 이만큼 긴 시간(TV쇼에서 토크 없는 3분은 영원이나 다름없다) 동안, 이만큼 열정적으로 기타 솔로를 연주하는 모습을 볼 순 없을 거라는 데 내기를 걸어도 좋다.

　왜 하필 이 노래, 이 기타 솔로인 거죠? 팰런이 묻자 쿠퍼는 대답한다.

　"모르겠어요, 지미. 정말…… 이상하죠. 어렸을 때 연주하던 곡을 기억해서 연주하는 사람들이 있잖아요. 그건 멋진 일이죠. 그런데 어렸을 때 연주했던 에어기타를 기억한다? 완전 무의미해요!"

4

한 달 후인 2015년 2월 3일 닐 영이 '지미 팰런의 투나

잇쇼'에 출연한다. 70세의 닐 영은 하모니카를 목에 걸고 의자에 앉아 기타를 연주하며 그가 스물네 살 때 작곡한 〈늙은 양반Old Man〉을 부른다. 그 무렵 젊고 돈 많은 히피였던 영은 캘리포니아 북부에 있는 목장을 사들였다. 그곳에는 루이스와 클라라라는 노부부가 살고 있었다. 하루는 루이스가 낡은 파란 지프에 영을 태우고 목장을 둘러보았다. 루이스는 영을 언덕 꼭대기로 데려갔다. 목장에 물을 공급하는 호수가 내려다보이는 곳이었다. 말없이 풍경을 바라보며 담배를 피우던 루이스가 물었다. "말해보게, 자네처럼 젊은 양반이 어떻게 이런 목장을 사고도 남을 만큼 큰돈을 벌었나?" 젊은 영(Young Young)이 담배 연기를 뿜으며 해맑게 대꾸했다. "글쎄요, 운이 좋았죠. 루이, 정말 더럽게 운이 좋았어요." 영의 얼굴을 빤히 바라보던 루이스가 말했다. "나 원, 내 평생 그렇게 터무니없는 말은 처음 듣는구만." 그 순간 영은 그를 위해 3분 30초짜리 노래를 만들어야겠다고 생각했다. ♪늙은 양반 내 인생 좀 봐요 스물네 살 아직도 더 많은 일들이 남아 있죠. 이제 영은 루이스의 나이가 되었고, 여전히 같은 목장에 살며 같은 노래를 부른다. 정확히 말하면 절반만 불렀다고 해야겠지만. 영은 노래가 시작되고 1분 45초가 지난 후에야 무대에 등장하는데, 그전까지는 닐 영처럼 분장한 지미 팰런이 기타를 연주하며 그의 성대모사를 한다. 혹은 젊은 팰런이 늙은 영을 위해 젊은 영

15

처럼 노래한다. ♪늙은 양반 내 인생 좀 봐요 당신 젊었
을 때를 많이 닮았죠……

5

비평은 글을 가지고 하는 에어기타다. 데이브 히키는
말한다. 동료 비평가들은 사람들이 비평을 경멸하는
이유가 그들이 가진 힘을 두려워하기 때문이라고 말하
겠지만 나는 진실을 안다, 사람들은 약함을 경멸하고
비평은 글쓰기로 할 수 있는 가장 약한 일이다, 비평은
에어기타처럼 음악에 대한 기억은 있지만 공허하며 공
감의 제스처만 난무하는 조용한 발광에 불과하다, 비
평은 지식을 생산하지도 않고 사실을 언급하지도 않으
며 홀로 존재할 수도 없다, 비평은 우리가 사랑하거나
구하고 싶은 것들을 구해주지도 못하고 우리가 증오하
는 것들을 망치지도 못한다, 에딘버러리뷰는 존 키츠
를 박살 내지도 못하고 디드로와 부셰, 러스킨과 휘슬
러도 건드리지 못한다, 근데 나는 이 사실이 좋다, 비
평은 패배자들의 게임이다, 모두가 그 사실을 안다, 당
신이 비평가라는 사실을 알아차린다면 평범한 시민들
조차 시체 얼굴을 화장하는 사람(mortuary cosmetician)
을 보듯 당신을 대할 것이다, 약간의 혐오감과 함께 어
쩌다 그런 일을 하게 되었는지 엄청난 호기심을 가지
고……*

6

데이브 히키가 나를 짜증 나게 만드는 이유가 뭘까? 내가 몸을 반쯤 담그고 있는 비평이라는 장르를 그가 비하하고 있어서는 아니다. 나는 비평을 에어기타에 비유하는 그의 아이디어가 마음에 든다. 비평은 가장 약한 글쓰기가 맞지만, 우리를 둘러싼 예술 작품들을 감상하고 즐기며 더 많은 이야기와 새로운 예술을 향한 희망의 불꽃을 만들어내기 위해서는 작품의 옳고 그름을 판결하는 경찰 같은 글쓰기가 아니라, 바로 그 약한 글쓰기가 필요하다는 그의 주장에도 대체로 공감하는 편이다(평론가와 출판사와 아카데미가 문단 권력의 삼위일체를 이루는 한국의 현실과는 약간의 거리가 있지만). 내가 짜증 나는 건 그가 비평을 구하기 위해 에어기타를 희생하고 있다는 사실이다. 그는 비평을 에어기타와 같이 낮고 우스꽝스러운 자리에 내려놓으며 글을 시작하지만, 곧바로 비평가다운 길고 복잡한 문장을 구사하며 비평의 위상을 다시금 끌어올리는 곡예를 펼친다. 좋다. 그는 자신의 목적을 이루는 데 성공한 것처럼 보인다. 어느 정도는. 그런데 에어기타는 어디에 있는가? 그는 에어기타를 두고 음악에 대한 기억은 있지만 공허하며 공감의 제스처만 난무하는 조용한 발광에 불과

• 데이브 히키, 「Air Guitar」, 『Air Guitar: Essays on Arts & Democracy』, Art Issues Press, 1997, 163쪽

17

하다고 말하지만 정작 공허하며 공감의 제스처만 난무하는 것은 에어기타가 아니다. 에어기타에 대한 그의 태도다. 그는 에어기타를 비평을 구하기 위한 발판으로 이용할 뿐이다. 그가 애써 비평을 복원시키는 동안 에어기타는 그가 놓아둔 자리에 그대로 남아 있다. 그와 비평의 발자국으로 더러워진 채.

데이비, 에어기타는요? 에어기타는 어쨌어요?

7

어린 브래들리 찰스 쿠퍼의 이야기가 나를 사로잡는 건 한 소년이 그런지의 대부(Godfather of Grunge)라고 불리는 전설적인 뮤지션의 노래를 연주하기 위해 실제 기타를 연습하는 대신 에어기타를 연습했다는 사실이다. 수십 년이 지난 후에도 몸이 기억하고 있을 정도로 연습에 연습을 거듭했다는 부분이 특히 그렇다.

8

남에 대해 쓰는 사람은 자기 자신에 대해서도 쓰지 않을 수 없다, 라고 마르셀 라이히라니츠키는 말했다. 40년 동안 8만 권의 책을 비평하며 독일 문학의 교황이라고 불리던 그는 생전에 시사주간지 〈슈피겔〉의 표지를 네 번 장식했는데, 한 번은 귄터 그라스의 신작을 찢는 모습으로. 또 한 번은 지옥에서 온 투견의 몸에 합성되어 두껍고 질긴 양장본을 물어뜯는 모습으로(1993년 4

월 10일에 발간된 해당 호의 표제는 'Der Verreißer', 구글번역과 파파고에 따르면 '파괴자the cracker' 혹은 '미친 사람 a mad man'이라고 한다). 나머지 두 번 역시 수백 권의 책과 함께였다. 분명 그는 자기 자신에 대해 할 말이 무척 많은 사람이었다. 한국어로 번역된 그의 자서전 『나의 인생』은 500쪽이 넘는 두께를 자랑한다. 그나마 생애 마지막 14년은 포함되지 않은 두께다.

9

나는 서른 살이 될 때까지 잡문으로 생계를 유지했고, 결국 그것 때문에 인생의 낙오자가 되었지만, 거기에는 어떤 낭만적인 생각이 있었던 것 같다, 라고 말한 폴 오스터를 운 좋은 개자식(lucky bastard)이라고 생각하는 마흔 살의 서평가다. 나는 10년 동안 서평가로 일하며 2만 권의 책을 비평하지는 않고 『서서비행』『난폭한 독서』『실패를 모르는 멋진 문장들』『아무튼, 택시』『문학의 기쁨』 등의 책을 혼자 쓰거나 함께 썼지만 한국 문학의 사제는커녕 평신도도 되지 못했다. 대신 나는 서평을 쓰지 않는 서평가, 실잘알(실패를 잘 아는 사람), 택시를 타지 않는 『아무튼, 택시』의 저자이자 문학에 기쁨을 느끼지도 않는 『문학의 기쁨』의 공저자가 되었다. 그리고 그것만으로는 모자란다는 듯 담배를 피우지 않고 영화도 보지 않는 『담배와 영화』의 저자가 되기 위해 이 책을 쓰는 중이다. 보시다시피. 그런데 이 말은 이상하다. 당신이 보고 있다면 나는 이 책을 쓰고 있는 게 아니라 이미 쓴 것이다. 내가 이 책을 쓰지 못한다면 당신이 볼 일도 없다. 그렇다면 저 문장에는 어떤 의미가 있는가? 나는 내가 쓰는 모든 문장, 모든 단어, 모든 글자, 모든 구두점마다 회의를 느끼고 어디로 가는지도 모른 채 매번 벽에 부딪힌다. 비탄에 잠긴 주정뱅이처럼. 어느 새벽, 출판사 대표가 못 박아둔 이 책의 납품기일을 며칠 남겨두고 나와 같은 마감에 묶여 있던 정지돈과 아이메시지로 대화를 나누다 그가 맡은 『영화와 시』는 잘 되어가는지 물었다. 앞부분 썼는데 피해의식으로 가득 찬 철없는 포스트모던 꾸러기 같음. 그가 대답했다. 나는 ㅋㅋㅋ포스트모던 꾸러기…… 그럼 저는 포스트모던 얄개 해야겠네요…… 라고 답장하며 이렇게 덧붙였다. 근데 진짜 너무 고통스럽고 토할 거 같네요 이번에는 정말 못 쓸 거 같은데 어떻게든 쓰겠죠…… 지돈 씨도 파이팅…… 정지돈이 그 말을 고스란히 복붙해서 내게 돌려주면서 우리의 대화는 끝이 났다. 그런데 정말 쓸 수 있을까? 벌써 망한 거 아닌가? 마흔 살이 될 때까지 잡문으로 생계를 유지했다는 것부터. 취소취소취소. 언젠가 박솔뫼는 불길한 말을 하는 황예인의 입을 막으며 취소하라고, 말은 힘이 세서 입 밖으로 나오면 이루어지기 쉽다고, 취소취소취소라고 세 번 빠르게 말하라고 했다. 새벽닭이 울기 전에 예수를 세 번 부정한 베드로처럼. 아니 그냥 박솔뫼처럼. 그러니 만약 당신이 이 책을 읽고 있다면 당신이 이 책을 읽고 있다고 내게 말해주기를. 그 말을 들은 내가 한결 가벼워진 마음으로 이 책을 마저 쓸 수 있도록. 그래서 당신이 이 책을 읽을 수 있도록.

10

2018년 4월 나는 담배를 끊었다. 아내의 임신 소식을 들은 바로 그 순간부터였다. 우리는 태명을 능금이라고 지었다. 크리스 마틴과 귀네스 팰트로의 딸 애플(Apple)을 따라서. 내 이름은 이효리 거꾸로 해도 이효리를 따라서. 내 이름은 금능금 은름이 내. 능금이는 2018년 12월에 태어났다. 그 후로 나는 아기가 나오지 않는 글을 쓸 수 없게 되었다. 2019년 7월 내가 처음으로 시나리오에 참여한 상업영화가 개봉했다. 영화는 재앙 그 자체였다. 한동안 나는 아무 영화도 보지 않았고, 이제는 내가 영화를 좋아했던 적이 있었는지도 잘 모르겠다. 그 후로 8개월 동안 나는 고작 13편의 영화를 봤을 뿐이다. 참고로 지난 몇 년 동안 내가 보고 왓챠에 별점을 남긴 영화는 모두 1396편이다.

11

대화가 끝난 후에도 한동안 정지돈이 쓴 포스트모던 꾸러기라는 표현이 나를 떠나지 않았다. 포스트모던은 아무래도 상관없다. 문제는 꾸러기다. 시간이 흐를수록 꾸러기라는 단어에 중요한 의미가 숨어 있는 것처럼 느껴졌고, 기억의 어두운 벽장에서 나오기만을 기다리는 꾸러기들의 숨소리가 들리는 것 같았다. 나는 가뜩이나 많지 않은 시간을 꾸러기의 비밀을 밝히느라 골몰하며 보내야 했다. 그러다 번쩍! 섬광과 같은 깨달음이 나를 찾았다. 꾸러기의 정체는 바로 발명왕이었다! 김청기 감독의 1984년 애니메이션 〈꾸러기 발명왕〉. 그건 내가 처음으로 극장에서 본 영화였다. 그때 나는 사촌누나들과 함께 박근혜의 어머니 육영수가 설립한 육영재단에서 운영하는 어린이회관에 딸린 극장의 어둠 속에 앉아 영화가 시작되기만을 두근거리는 마음으로 기다리는 네 살짜리 꼬마였다. 이윽고 빛이 있었다. 그리고 모든 것이 달라졌다.

12

두 개의 빛이 있다. 현실의 빛과 영화의 빛. 현실의 빛은 감정이 없기 때문에 우리의 존재와는 무관하며, 또 의미가 없기 때문에 우리 인간 정신에 아무런 의미도 부여하지 않는다. F. R. 달론느는 말한다. 반면 영화에는 빛의 투사가 있고, 필연적으로 어떠한 의미를 담고 있다. 그 의미는 최소한 두 부류의 영화로, 두 부류의 영화의 빛으로 나누어진다. 의미가 부재하는 세계 속에서, 하나는 아무것도 하지 않으려 하며, 다른 하나는 모든 것을 하고자 한다.*

13

과학을 주제로 한 교육만화영화. 태양열 남비를 연구하는 미라, 로보트를 개발 중인 강민, 토끼를 이용한 성장 촉진제를 연구하는 홍만이는 국민학교 같은 반 친구들입니다. 그러나 미라는 태양열 남비로 퍼진 라면만 한 대접을 만들어내고, 홍만이는 엉뚱한 성장촉진제를 먹였다가 토끼 일개 중대 규모는 족히 죽이는 만행(?)을 저지른다. 그러나 가난한 결손가정자녀인 홍만이는 자존심이 강해 남에게 도움을 청하지 않고 홀로 연구를 계속한다. 거듭된 연구의 실패로 피로한 홍만이는 결국 쓰러지고, 불치병에 걸린 것으로 판명된다. 강민이와 미라는 친구인 홍만이를 대신해 대통령배 과학발명품 경진대회에 출전하여 영예의 과학기술처장관상과 대통령상을 수상한다. 그러나 이러한 사실도 모른 채 홍만이는 사경을 헤매는데. (河伊兒, 2000. 9. 1., 별 5개 기준 별 하나 반)**

14

〈꾸러기 발명왕〉에서 내가 유일하게 기억하는 장면은 코끼리만큼 커다래진 토끼를 타고 우주공간을 돌아다

---

* F. R. 달론느, 『영화와 빛』, 지명혁 옮김, 민음사, 1998, 8쪽
** 네이버 영화의 〈꾸러기 발명왕〉소개. 왜 존댓말로 시작해서 반말로 끝나는 걸까? 마지막 괄호 안에 있는 별점은 누구의 것일까? 다음 영화에서도 마지막 괄호까지 똑같은 소개를 볼 수 있다.

니는 소년의 모습이다. 극장에 온 아이들에게 나눠준 책받침 뒤에도 그 장면이 인쇄되어 있었다. 내 기억은 거기까지다. 그것이 홍만이의 꿈이었으며 홍만이는 가난한 결손가정자녀로 자존심이 강해 남에게 도움을 청하지 않고 홀로 연구를 계속하다 거듭된 실패로 쓰러져 사경을 헤맨다는 사실은 까맣게 잊고 있었다. 그가 발명이라는 명목으로 수많은 토끼를 죽음으로 몰고 간 사이코패스였다는 사실도……

15

미국의 영화평론가 기리쉬 샴부는 낡은 시네필리아는 보수적이고 향수적인 구석이 있다고, 시네필적 경험(특히 어린 시절이나 청년 시절의 경험)은 소중히 간직되면서 신성시되고, 한 사람의 생애를 걸쳐 고정된다*고 말한다. 어린 시절에 극장에 들어가 의자에 앉아 어둠 속에서 밝아지는 몇 초간을 사랑한다고 말하는 사람들이 있는데 그런 사람들은 빛 마니아죠, 라고 한국의 영화평론가 유운성은 박솔뫼에게 말했다.

16

나는 유튜브에서 〈꾸러기 발명왕〉을 빠르게 돌려 보다

---

* 기리쉬 샴부, 「새로운 시네필리아를 위하여」, 영화평론가 한창욱의 네이버 블로그 'Being in the world'에서 인용(https://m.blog.naver.com/PostList.nhn?blogId=stainboy81).

가 영화에 우주공간이 한 번 더 등장한다는 사실을 발견했다. 홍만이가 불치병에 걸렸다는 소식을 들은 강민이가 홍만이와 함께 로봇을 타고 악당들을 물리치는 꿈속에서다. 영화는 꿈이다. 할리우드는 꿈의 공장이다. 너무나 유명한 이 말을 고다르는 〈영화의 역사(들)〉(1988~1998)에서 다시 한 번 반복한다. 반복을 반복한다. 영화는 총과 여자다. 고다르는 이렇게 말하기도 했다. 홍만이는 꿈에서 거대 토끼와 함께 우주를 뛰놀고 강민이는 로봇에 탑승해 악당에게 총을 쏘지만 미라의 꿈은 어디에도 없다. 혹은 미라는 꿈을 꾸지 않는다. 빛이 있었다. 그리고 아무것도 달라지지 않았다. 〈꾸러기 발명왕〉은 별 5개 기준 별 하나 반이며 이 책에 두 번 다시 등장하지 않는다.

17
담배와 영화라는 단어의 조합에서 내가 떠올리는 두 가지 :

하나. 오래된 극장. 듬성듬성 앉은 사람들. 영사기의 빛이 쏘아지고 그 사이로 담배 연기가 흩어진다. 영화는 지루하고 아무도 웃지 않는다.
둘. 충무로의 사무실. 적게는 세 명, 때로는 대여섯 명이 넘는 아저씨들이 둘러앉아 시나리오 작업을 한다. 대화는 종잡을 수 없고 담배 연기는 끊이지 않는다.

18

내가 본격적으로 극장에 다니기 시작한 건 중학교 3학년 무렵이었다. 대부분의 극장은 이미 금연구역이 된 후였다. 다시 말해 나는 극장에서 담배를 피우는 사람들과 그들의 머리 위로 피어오르던 푸른 연기를 본 적이 없다. 하지만 나는 그것을 생생하게 **기억**할 수 있고, 그것을 떠올리며 어떤 종류의 그리움을, 차라리 **상실감**을 느낄 수 있다.

19

또 다른 기억들: 담배를 피우는 험프리 보가트의 얼굴에 담배 연기를 뿜으며 등장해 담배 연기를 뱉으며 죽는 장 폴 벨몽도(《네 멋대로 해라》). 턱을 괸 채 훗날 헵번 파이프라고 불리게 될 기다란 담배 홀더를 들고 카메라를 바라보는 오드리 헵번(《티파니에서 아침을》). 정장을 빼입고 침대에 누워 긴 담배 연기를 내뿜는 알랭 들롱(《고독》). 복제인간 여부를 가리는 테스트를 받으며 불안을 감추기 위해 두꺼운 궐련을 피우는 손 영(《블레이드 러너》). 100달러짜리 위조지폐로 담배에 불을 붙이는 주윤발(《영웅본색》). 하얀 러닝셔츠에 브리프 차림으로 담배를 피우며 날개 없는 새에 대한 독백을 하다가 뜬금없이 탱고를 추던 장국영(《아비정전》). 야구모자를 거꾸로 쓴 채 택시를 몰며 연신 줄담배를 피우는 위노나 라이더(《지상의 밤》). 1966년 포드 썬더

버드를 타고 달리며 담배를 피우는 수잔 서랜든과 지나 데이비스(《델마와 루이스》). 담배를 입에 물고 대화를 나누던 개 같은 남자들(《저수지의 개들》). 사람들 가득한 극장 관객석에 앉아 시가를 피우며 큰소리로 웃는 로버트 드니로(《케이프 피어》). 침대에 엎드려 정면을 바라보며 담배 연기를 내뿜던 우마 서먼(《펄프 픽션》). 살인 업무를 앞두고 금색 가발에 선글라스를 쓰고 어두운 복도에 기대어 앉아 긴 담배를 짧게 피우는 임청하(《중경삼림》). 이어폰을 꽂고 오토바이에 기대 눈을 감고 말보로 레드를 피우는 정우성(《비트》). 부에노스아이레스에서 따로 또 같이 담배를 피우는 장국영과 양조위(《해피 투게더》). 연신 담배를 피우던 양조위와 딱 한 번 담배를 입에 문 장만옥(《화양연화》). 60년대의 클린트 이스트우드(제목이 기억나지 않는 스파게티 웨스턴)와 70년대의 잭 니콜슨(코에 반창고를 붙인 채 담배를 피우며 무섭게 웃는 〈차이나 타운〉). 80년대의 알 파치노(특히 〈스카페이스〉)와 90년대의 브루스 윌리스(물론 〈다이하드〉 시리즈). 함께 출연한 프랜시스 맥도먼드에 따르면 영화에서 한 일이라곤 담배를 피우는 것밖에 없었다던 빌리 밥 손튼(《그 남자는 거기 없었다》). 정신병동에서 함께 담배를 피우는 위노나 라이더와 안젤리나 졸리(《처음 만나는 자유》). 담배를 피울 때마다 헵번 파이프를 잊지 않던 1940년대풍의 스칼렛 요한슨(《블랙 달리아》). 해변을 바라보며 데킬라와 함께 마지막 담배를 피우는 뇌종양에 걸린 틸 슈바이거(《노킹 온 헤븐스 도어》). 자신이 흘린 피에 마지막 담배를 비벼 끄던 폐암 말기의 키아누 리브스(《콘스탄틴》). 파리의 카페에 앉아 조각난 기억을 더듬으며 담배를 피우는 안더스 다니엘슨 리(《리프라이즈》) 혹은 공원 벤치에 앉아 친구의 충고를 따라 인생을 먼발치에서 돌아보며 담배를 피우는 안더스 다니엘슨 리(《오슬로, 8월 31일》) 담배를 피우며 흑인 가정부들의 이야기를 받아쓰는 엠마 스톤(《헬프》). 침대에 누운 채 한 손으로 지포 라이터를 켜 불을 붙이는 라이언 고슬링과 그의 손에서 담배를 빼앗아 피우는 엠마 스톤(《갱스터 스쿼드》). 2000년대의 공효진(〈품행 제로〉와 〈행복〉). 2010년대의 고아성(《지금은 맞고 그때는 틀리다》)……

20

한때 나는 영화 속 흡연 장면들을 이어 붙여서 하나의 영상으로 만들고 싶었다. 〈시네마 천국〉(1988)에 나오는 키스신 모음처럼. 이제는 아니다. 유튜브에서 영화 속 담배 혹은 smoking scenes in movie라고 검색하면 누군가 이미 만들어놓은 영상을 수십 개쯤 볼 수 있기 때문이다.

　　한때 나는 극장에서 영화를 보며 포인트(모든 영화는 저마다의 담배 포인트를 가지고 있다)가 나올 때마다 담배를 피울 수 있기를 바랐다. 이제는 아니다. 만약 누군가 프라이빗한 상영관에서 영화도 보고 담배도 피우는 비밀 사교 모임에 나를 초대한다고 해도 나는 가지 않을 것이다. ①나는 시네필도 빛 마니아도 아니고 ②나를 받아주는 클럽에는 들어가고 싶지 않으며 ③담배를 끊었기 때문이다.

21

나는 문학을 진지하게 받아들이는 사람들을 이해할 수 없다. 언젠가 G.K. 체스터턴은 말했다. 나는 거기에 영화를 진지하게 받아들이는 사람들을 더하고 싶다. 곽철용식으로 말하면 묻고 더블로 가! 그들은 2020년에도 여전히 나를 받아주는 클럽에는 들어가고 싶지 않다, 라는 그루초 막스의 대사를 인용하는 사람들이다. 나는 그들을 이해할 수 없다. 다만 사랑할 수는 있으며 사랑하기도 한다.

22

고다르의 〈영화의 역사(들)〉은 20세기의 예술로 일컬어지는 영화의 자취를 더듬으면서 그 영광을 노래하기보다는 오욕, 타락 그리고 실패의 역사를 말한다. 무엇보다 영화는 정작 예술이 되는 데 실패했다.* 영화는

• 유운성, 「〈영화의 역사(들)〉과 고다르의 서재」, 『유령과 파수꾼들』, 미디어버스, 2018, 279쪽

상품이 되었으니 우린 그걸 태워버려야 한다, 라고 고다르는 앙리 랑글루아에게 말한다. 이왕이면 책도 같이 태우는 게 좋지 않을까? 묻고 더블로 가!

한 장씩 한 장씩
이 책을 던져버려
모든 슬픔을, 모든 분노를
이 책을 던져버려
바인딩을 제거하고 접착제를 찢어
처음부터 우리와 함께 있었지만
그랬다는 사실조차 몰랐던 모든 비탄까지
이제 연기가 되네……•

23

나는 〈영화의 역사(들)〉을 보는 데 매번 실패한다. 내가 기억하는 건 파편적인 이미지와 사운드들뿐. 그러니까 고다르가 이어붙인 파편적인 이미지와 사운드들 중에서 내 멋대로 편집해서 기억하는 파편적인 이미지와 사운드들 뿐이다. 시가를 피우는 고다르. 시가를 피우며 따당따당 기관총을 쏘듯 타자기를 두드리는 고다르. 시가를 피우며 책장 앞에서 책을 읽는 고다르. 고다르가 끊임없이 인용하는 영화의 장면들. 자막들. 그 위로

• Ben Folds Five, 〈연기Smoke〉(1997)

교차하고 반복되며 종종(실은 자주) 충돌하는 고다르의 보이스오버. 그러는 동안에도 계속해서 들려오는 따당 따당 타자기의 기관총 소리. 영화의 역사들. 고다르는 말한다. 복수로. 영화 이야기들. 고다르는 말한다. 복수로. 물론 고다르는 단수가 아닌 복수를 말하는 것이다. 대문자 역사가 아닌 소문자 역사(들). 영화의 역사(들)인 동시에 현재의 역사(들). 현재의 역사(들)인 동시에 모든 역사(들). 하지만 내게 그것은 조금 다르게 들린다. 복수로. 그러니까 복수로. 무엇보다 복수로.

24

지금 내가 하고 싶은 것: 이 글을 쓰는 대신 유튜브의 수많은 비디오 에세이스트들처럼 영화의 신들을 잘라서 이어 붙이고 자막을 넣고 보이스오버를 까는 것. 혹은 영화의 신들을 잘라서 이어 붙이고 자막이나 보이스오버 둘 중 하나만 까는 것. 혹은 영화의 신들을 잘라서 이어 붙이고 자막이나 보이스오버를 깔지 않는 것. 이 글을 쓰지 않는 것. 취소취소취소.

25

고다르가 선별한 영화의 장면들이 이어진다. 사이사이 타자기를 두드리는 고다르. 타자기 소리가 더 잘 들리도록 타자기에 마이크를 가져다 대는 고다르. 시가를 피우며 가만히 앉아 타자기를 바라보는 고다르의 모습이 교차편집된다. 그 위로 고다르의 보이스오버 내레이션이 흐른다.

<table>
<tr><td>고다르(V.O.)</td><td>영화의 역사들</td></tr>
<tr><td></td><td>복수로</td></tr>
<tr><td></td><td>영화 이야기들</td></tr>
<tr><td></td><td>복수로</td></tr>
<tr><td></td><td>지난 일들을 모두…</td></tr>
<tr><td></td><td>새로? 아님 재현?</td></tr>
<tr><td></td><td>기존 자료들로</td></tr>
<tr><td></td><td>기존 자료들로</td></tr>
<tr><td>(자막)</td><td>**영화가 대신할 수 있다**</td></tr>
</table>

26

영화가 대신할 수 있다. 영화 스스로 종종 그렇게 하는 것처럼. 〈미치광이 삐에로〉(1965)의 한 장면. 담배를 피우며 지루한 파티를 지루하게 돌아다니던 장 폴 벨몽도가 선글라스를 쓰고 담배를 피우고 있는 중년의 남자를 발견한다. 혼자 오셨군요. 중년의 남자가 벨몽도의 옆에 있는 여성에게 영어로 묻는다. 뭐라는 거야? 혼자 오셨군요. 여성은 중년의 남자에게 영어로 대답한 다음 벨몽도에게 불어로 말한다. 미국 사람이에요. 불어를 못해요. 무슨 일을 하죠? 이름이 뭐예요? 벨몽도가 여성에게 불어로 묻자 여성이 중년의 남자에게 영어로 묻는다. 당신은 누구죠? 무슨 일을 하나요? 중년의 남자가 영어로 대답한다. 나는 미국의 영화감독이오. 내 이름은 새뮤얼 풀러고 〈악의 꽃〉이란 영화를 찍으러 파리에 왔지. 보들레르라, 나쁘지 않군. 술을 홀짝이며 중얼거리던 벨몽도가 풀러를 바라보며 불어로 묻는다. "그가 말하길, 영화가 정확히 무엇인지 알고 싶다네요."

> **샘 풀러**   영화는 전쟁터 같은 거지. ("Le cinéma c'est comme une bataille")
> 사랑. ("l'amour")
> 증오. ("la haine")
> 액션. ("l'action")
> 폭력. ("la violence")
> 죽음. ("et la mort")
> 한마디로, 감정이라오. ("En un seul mot, c'est l'émotion")

27

고다르는 노골적으로 기관총과 타자기를 병치한다. 그에게 글을 쓰는 건 총을 쏘는 것이다. 따라서 그가 내내 시가를 물고 다니는 건 자연스럽다. 건스모크. 총을 쏘면 연기가 나게 마련이니까. 그는 단순히 기관총과 타자기를 나란히 놓는 것을 넘어 스스로 인간—

기관총이 된다. 따당따당. 총알을 쏘며 연기를 내뿜는 인간-타자기. 1963년 고다르의 다섯 번째 장편영화 〈기관총 부대〉가 개봉한다. 영화는 평단과 관객의 비난을 동시에 받으며 상업적 재난이 되었다. 그것은 57년이 지난 지금까지 고다르 최후의 반전(anti-war)영화로 남아 있다.

28

영화가 대신할 수 있다. 우리 모두 때때로 제 무덤을 파는 것처럼. 〈아이리시맨〉(2019)의 한 장면. 로버트 드니로가 조 페시와 함께 이탈리안 레스토랑에서 붉은 와인에 빵을 찍어 먹으며 2차 세계대전 당시 이탈리아에서 복무하던 시절을 떠올린다. 죽는 게 두렵지 않았어? 조 페시가 묻자 드니로는 대답한다. 늘 두렵죠. 죽음이 두렵지 않다는 말은 순전히 허풍이에요. 누구나 두려워하죠. 그래서 기도를 많이 해요. 저도 그랬어요. 거기서 살아남으면 절대 죄를 짓지 않겠다고 빌었죠. 그런데 전투가 시작되면 전부 잊어버려요. 살아남기 위해 몸부림칠 뿐이죠. 그러다가 전쟁이 끝나갈 때쯤 이런 생각이 들었어요. 될 대로 되라지, 뭐. 조 페시가 추임새를 넣는다. 알 게 뭐야? 드니로가 어깨를 으쓱하며 이야기를 계속한다. 명령은 따라야 하니까요. 가령, 포로를 숲으로 데려가라면 데려가야 해요. 서두르라는 말만 할 뿐 아무 설명이 없어도요. 숲속에서 열심히 삽질을 하며 땅을 파는 두 포로의 모습. 총을 겨눈 채 그들을 감시하고 있는 CG로 젊게 만든 로버트 드니로. 어떻게 제 손으로 자기 무덤을 팔 수 있는지 이해가 안 되더군요. 그만! CG로 젊게 만든 로버트 드니로가 외치면 포로들이 삽을 던지고 땅 위로 올라온다. 조 페시가 말한다. 그들은 믿었는지도 모르지. 열심히 하면 총을 든 내가 마음을 바꿀 거라고 말이야. 숨을 헐떡이며 똑바로 서는 포로들. 두렵다기보다는 처음으로 제출한 리포트를 평가와 함께 돌려받기를 기다리는 대학 신입생 같은 얼굴 **따당따당** 지체없이 총을 쏘는 CG로 젊게 만든 로버트 드니로. 비명을 지를 새도 없이 포로들 피 흘리며 제 손으로 판 무덤으로 떨어지면 다가가 그들을 내려다보고는 확인사살을 한다. 따당따당.

29

따당따당. 나는 지금 이 글을 레오폴드의 텐키리스 기계식 키보드 FC750R PD로 쓰고 있다. 체리의 브라운 스위치를 사용한 애쉬 옐로우 모델이다. 이 책을 써야 한다는 생각만으로 너무 스트레스를 받아 방바닥을 데굴데굴 구르며 괴로워하다가 스스로에게 선물했다. 그 전에는 블루 스위치를 사용한 같은 회사의 미니 키보드 FC660M을 썼고, 노트북이나 스마트폰에 메모를 할 때면 레드 스위치를 사용한 페냐의 레트로 무선 키보드를 블루투스로 연결해서 쓴다. 새로 산 키보드에서는 두드릴 때마다 따당따당 따당따당 총을 쏘는 소리가 나지는 않고 대신 쑥덕쑥덕 쑥덕쑥덕 수군거리는 소리가 난다. 쑥덕쑥덕, 이라고 치면 쑥덕쑥덕, 소리가 나는 것이다. 글의 내용은 그것을 쓰는 도구를 닮는다. 언젠가 롤랑 바르트도 비슷한 말을 했다. 타자기가 종이에 남기는 자국에 대해서. 그리고 그것이 텍스트에 남기는 흔적에 대해서. 만약 당신이 이 책을 읽으며 그다지 사회적이지 않고 그다지 달변도 아닌 중년의 남성이 투덜투덜대면서 끊임없이 구시렁거리는 듯한 느낌을 받는다면 아마 그 때문일 것이다. 쑥덕쑥덕……
쑥덕쑥덕……

30
유운성의 비평집 『유령과 파수꾼들』을 다시 읽으며 '형상적 픽션을 향하여'라는 꼭지에서 유운성이 언급하는 프랭크 커모드의 『종말 의식과 인간적 시간』을 참고해야겠다고 생각하고 책장을 둘러보다가 커모드의 책이 온데간데없어서 기억을 더듬어보는데 정지돈에게 빌려주고 아직 돌려받지 못했다는 사실이 뒤늦게 떠올라 별수 없이 유운성의 글에서 재인용하는 프랭크 커모드의 픽션 개념:

　　커모드의 책에서 픽션이 창출해내는 시간을 설명하고 있는 유명한 부분을 요약하자면 다음과 같다. 그는 떠올릴 수 있는 가장 단순한 픽션의 예로 우리가 시곗소리를 '똑-딱'으로 지각하는 것을 듣다. 사실 물리적 시간이란 인간적 관심과는 전혀 무관한 연속적인 것이지만 우리는 연속적인 시간에 '똑'과 '딱'으로 거듭 시작과 끝을 부여하고 그 사이의 지속duration에 의미를 부여한다. 그는 이러한 '똑-딱'을 "우리가 플롯이라고 부르는, 시간에 형식을 부여함으로써 시간을 인간화시킨 구성물의 한 모델"로 간주한다. 제아무리 복잡한 픽션이라 하더라도 시작과 끝 사이의 간격을 우리에게 생생하게 환기시키면서 이 간격 내에서 반드시 끝이 도래하리라는 기대(종결에 대한 감각)를 구조화하는 방식을 통해 작동한다는 점에서는 단순한 '똑-딱' 모델과 다를 바가 없는 것이다. 즉 픽션이란 크로노스(물리적 시간)를 카이로스(의미화된 시간)로 전환시키는 기술이다.[•]

　(유운성은 이어서 "이런 비유적 모델은 그 자체로는 특이할 것이 없다. 커모드의 논의가 흥미로워지는 것은 그가 '똑'과 '딱' 사이가 아닌, '딱'과 '똑' 사이의 간격, 형식화(인간화)되지 못한 채 여전히 우연적(연속적)으로 남아 있는 시간을 플롯에 포괄시키는 문제를 고민하는 것이야말로 현대적 픽션의 특징이라고 주장할 때다. 이는 보기보다 꽤 대담한 주장이다. 왜냐하면 그는 '딱'과 '똑' 사이의 간격을 어떻게 형식화할 것인가가 아니라 그것을 형식화하지 않은 채로

• 유운성, 앞의 책, 194쪽

플롯이라는 형식에 포괄할 수 있는 가능성에 대해 묻고 있기 때문이다"라고 쓰고 있지만 내게 필요한 것은 커모드의 특이할 것 없는 '똑-딱' 모델에 대한 유운성의 요약이므로 뒷부분은 굳이 인용하지 않기로 한다. 이미 인용했지만.)

31
빛이 있으라. 누군가 말했고 그러자 빛이 있었다. 이것은 영화의 기원을 둘러싼 오래된 픽션의 하나다.

　　똑-딱.
　　혹은 따-당.
　　혹은 쑥-덕.

32
『영화와 빛』에서 달론느는 영화를 두 부류로 나눈다. 고전주의 영화는 (인공)조명의 양식화된 사용을 통해 극에 '자연스러움'을 부여하고 관객들의 감정을 이끌어낸다. 모더니즘 영화는 인공적인 조명장치를 가능한 한 배제하고 현실의 빛을 이용하며 때로는 노출 부족을 통해 때로는 과다 노출을 통해 현실의 '부자연스러움'을 드러낸다. 여기에는 일종의 역설이 있다. 이 중에서 아무것도 하지 않으려 하는 영화는 무엇이고 모든 것을 하고자 하는 영화는 무엇인가?

33

데이비드 실즈: "모든 비평은 일종의 자서전이다." 필립 르죈: "자서전을 정의하는 것이 가능한가?" 버튼 파이크: "모든 자서전은 근본적으로 픽션이다(혹은 롤랑 바르트: "이 책에 쓰여 있는 모든 것은 소설 속의 인물이 이야기하는 것으로 간주해야 한다.")." J.G. 메끼오: "모든 픽션은 비평이다." 다시, 데이브 히키: "비평은 글을 가지고 하는 에어기타다."

34

세계문학사 최초의 본격 금연소설인 이탈로 스베보의 『제노의 의식』은 평생 두 가지 일만 하면서 인생을 보낸 사람의 이야기다. 금연. 그리고 흡연. 주인공 제노 코시니는 금연을 결심하는 것만으로도 너무 벅차서 다른 일은 아무것도 하지 못하는 사람이다. 그렇게 텅 비어버린 시간을 채우기 위해 다시 담배를 피우는 사람이다. 물론 담배와 담배 사이에 여자들을 쫓아다니기도 하고 가망 없는 사업을 벌이기도 한다. 말년의 그는 이번에야말로 담배를 끊겠다는 굳은 다짐과 함께 의사를 찾는다. 의사는 그에게 정신분석이 아닌 흡연분석을 권한다. 흡연 의존증상에 대해 시간 순서대로 분석하면서 자서전을 써보라는 것이다. "적고 또 적어보세요! 그러면 어떻게 내면의 의식에 다다르는지 보게 될 겁니다." 제노는 투덜대면서도 열심히 자서전을 쓴다.

금연과 그 밖의 모든 것에 대한 실패의 연대기라고 할 수 있는 자신의 삶을 열정적으로 고백한다. 스스로와 독자들에게 정직하려고 노력한다. 하지만 제임스 우드가 지적하듯 그가 우리 앞에 자신만만하게 펄럭여 보이는 자기이해에는 총탄 구멍이 난 깃발처럼 우스꽝스럽게 구멍이 숭숭 뚫려 있다.* 따당따당.

35

유운성은 지그프리트 크라카우어가 역사의 이미지로 제시한 '마지막 이전의 마지막 것the last things before the last'을 커모드의 논의와 연결시킨다. 마지막 이전의 마지막 것. 그것은 담배다. 불붙인 담배와 '끊어야지'라는 말을 동시에 입에 달고 사는 모든 흡연자들에게 담배는 언제나 마지막 이전의 마지막 담배다.

36

살면서 적지 않은 담배를 피워왔지만 2017년만큼 많은 담배를 피운 해는 없었다. 충무로에서. 태안에서. 무주에서. 봉평에서. 파주에서. 상암동에서. 나는 한국 영화판의 아저씨들과 함께 1년 동안 영혼의 길고 암울한 티타임을 보냈고, 한 편의 시나리오와 수천 개의 담

• 제임스 우드, 『소설은 어떻게 작동하는가』, 설준규·설연지 옮김, 창비, 2011, 17쪽

배꼽초를 만들어냈다. 지금도 가끔 어떤 계절의 냄새를 맡는 것처럼 그때의 담배 냄새를 맡을 수 있다. 그러면 꼼짝없이 2017년의 충무로로. 태안으로. 무주로. 봉평으로. 파주로. 상암동으로 다시 돌아가게 되는 것이다. 홍차에 적신 마들렌의 향기가 프루스트를 어린 시절의 콩브레로 데려가는 것처럼. 하지만 그럴 때 내게 필요한 건 『잃어버린 시간을 찾아서』가 아니다. 미셸 공드리의 〈이터널 선샤인〉(2004)과 영화에 등장하는 라쿠나Lacuna다. 잃어버린 조각들이라는 뜻의 라틴어 단어에서 이름을 따온 라쿠나는 사람들에게서 원치 않는 기억을 깨끗하게 지워주는 기억삭제 회사다. 혹시 연락처 아시는 분?

그래도 우리는 운이 좋은 편이었다. 다른 많은 시나리오들과 달리 캐스팅에서 제작까지 빠르게 진행되었기 때문이다. 그런데 그걸 정말 운이 좋았다고 말할 수 있을까. 따당따당. 영화가 개봉하자 엄청난 비난이 쏟아졌다. 영화는 상업적인 재난이었다. 관객들(영화를 보지 않은 사람들을 관객이라고 부를 수 있다면)은 영화를 픽션이 아닌 사회적이고 역사적인 재난으로 받아들였다. 급기야 영화의 상영 및 해외보급 금지 가처분 신청을 해달라는 청와대 국민청원까지 올라왔다. 운이라고? 실존주의적인 관점에서 접근할 필요가 있다. 우리가 원하기만 한다면 우리의 손으로 우리의 목을 조를 수도 있다는 사실을 두고 운이 좋다고 말할 수 있다면,

그렇다, 우리는 운이 좋았다.

37

영화가 대신할 수 있다. 〈더티해리〉(1971)의 한 장면.
방금 전까지 핫도그를 먹던 클린트 이스트우드가 쓰러
진 흑인에게 총을 겨누며 말한다. 네가 무슨 생각하는
지 안다. 저 인간이 총알을 여섯 발 다 쐈나? 한 발 덜
쐈나? 솔직히 나도 흥분해서 세는 걸 잊어버렸다. 하지
만 이 44매그넘으로 말하자면 세상에서 가장 강력한
권총이자 네 놈의 머리통을 깨끗하게 날리고도 남을
물건이지. 그러니 스스로에게 한번 물어봐야 할 거다.
내가 운이 좋았던가? 그래, 어떤 것 같아, 애송아?

38

오한기의 단편소설 「나의 클린트 이스트우드」에는 펜
션과 낚시터를 관리하며 시나리오를 쓰는 삼십대의
'나'가 등장한다. 그의 영웅은 클린트 이스트우드. 고
다르나 우디 앨런 같은 자의식 과잉의 약골들과는 차
원이 다른 진정한 남자다. 그러던 어느 날 그의 앞에
클린트 이스트우드가 나타난다. 꾀죄죄한 옷차림에 지
독한 냄새를 풍기며 허리는 꾸부정하고 온몸이 주름으
로 가득한 이스트우드는 더 이상 정의로운 카우보이도
무법자도 더러운 정의를 구현하는 형사도 아니었다.
그는 도망자, 추억에 묻혀 사는 가래 끓는 노인일 뿐이

었다. 그날도 강을 바라보며 과거를 회상하던 이스트
우드가 촉촉해진 눈으로 나에게 묻는다. 그래, 자네도
글을 쓴다고 했지. 나는 그런 셈이라고 애매하게 대답
하며 고개를 끄덕인다. 나약하기 짝이 없는 직업이군.
이스트우드가 비웃음을 띠며 말을 이었다. 문둥병에
걸린 포주만도 못한 직업이지.[*]

39
리처드 예이츠의 단편 「패배 중독자」는 5월의 어느 금
요일에 회사에서 해고 통보를 받은 월터 헨더슨의 이
야기다. 삼십대 중반의 그에게는 아름다운 아내와 두
아이가 있다. 해고의 충격은 그리 크지 않았다. 몇 주
전부터 어느 정도 예감하고 있던 탓이다. 정작 놀란 것
은 상사에게 해고 통보를 받고 짐을 싸서 동료들의 위
로를 받으며 회사를 걸어 나오는 그 모든 상황을 자신
이 속속들이 즐기고 있다는 사실이다. 그는 문득 어린
시절을 떠올린다. 또래 친구들과 함께 영화의 한 장면
처럼 총 맞아 죽는 모습을 연기하던 시절. 따당따당.
그들은 경찰-강도 놀이에서 진정으로 값진 순간은 총
에 맞아 가슴을 움켜쥐면서 권총을 툭 떨어뜨리고 바
닥으로 고꾸라질 때라고 생각했고 결국 그 순간을 위
해 놀이의 귀찮은 다른 부분을 다 생략해버렸다. 따당

• 오한기, 「나의 클린트 이스트우드」, 『의인법』, 현대문학, 2015, 89쪽

따당. 남은 것은 거의 예술에 가까운 솔로 연기였다.

한 번에 한 사람씩 산마루를 극적으로 내달리다 어느 지점에선가 매복 공격을 당했다. 매복했던 아이들이 장난감 권총을 동시에 뽑아 들고 목쉰 소리로 총소리를 흉내 내며 짧게 외쳤다. 피웅! 피웅! 그러면 우리의 연기자는 달리기를 멈춘 다음 우아한 포즈로 잠시 고통스럽게 서 있다가 몸을 던져 언덕 아래로 데굴데굴 굴렀다. 장엄한 먼지구름을 일으키며 구르다가 결국 시체처럼 바닥에 쭉 뻗었다. 마지막으로 연기자가 일어나 옷을 털면 다른 아이들의 비평이 시작됐다. ("멋진걸." "너무 뻣뻣해." "어색해.") 이제 다음 연기자 차례다. 놀이는 그게 전부였다. 하지만 월터 헨더슨은 그 놀이를 사랑했다. 월터는 몸이 비쩍 마른 데다 몸놀림도 어설픈 아이였다. 운동신경이 조금이라도 필요한 놀이 중에서 그나마 월터가 잘하는 건 그 놀이밖에 없었다.[*]

그는 멋진 패배를 연출하는 일에 이상하리만치 매료된 아이였고, 힘센 아이들에게 괜히 덤비다 얻어터지는 중학생이었다. 부상당해 들것에 실려 나가길 바라며 엉터리로 축구를 하는 고등학생이었고, 시험에 낙제하고 선거에 낙선하길 계획하는 대학생이었다. 회사는 한동안 그의 재능을 가로막았지만 이제 그는 자

리처드 예이츠, 「패배 중독자」, 『직업의 광채』, 강경이·이재경 옮김, 홍시, 2012, 376쪽

유다. 작은 새처럼! 집요정 도비처럼! 월터의 꿈은 현실이 된다! 회사를 나와 길거리를 걷는 모든 순간순간이 그에게는 영화 속 한 장면처럼 느껴진다. 마침내 돌아온 집. 저녁을 먹고 아이들을 재운 아내가 그에게 안색이 좋지 않다며 무슨 일이 있냐고 묻는다. 큐! 다시금 카메라가 돌기 시작한다. 오늘 하루를 통틀어 그가 해낸 가장 우아한 포즈로 아내에게 준비한 대사를 내뱉는다. "나더러 나가래." 패배중독자. 그의 정체는 아마추어 연기자, 비평가, 시네필이었다.

40

왜 나는 이 책을 간절히 끝내고 싶은 동시에 이 책을 쓰는 데 끝내 실패하고픈 충동을 느끼는 걸까? 데이비드 실즈는 시애틀의 라디오 방송에서 스포츠 토크쇼를 진행하는 또 다른 데이브인 데이브 말러의 이야기를 들려준다. 실즈에 따르면 그는 성대모사를 잘하지만, 경기에 대해서 통찰을 발휘하는 경우는 없다시피하고, 인생 전반에 대해서 통찰을 발휘하는 경우는 그보다도 드물다. 딱히 웃긴 것도 아니고, 인터뷰는 들어주기 힘들 만큼 못하며, 어마어마하게 과체중이고, "그러니까 핵심은……"이라는 말을 5분마다 꺼낸다. 하지만 실즈는 오전에 그의 쇼를 최소한 한 대목이라도 들을 수 있도록 일과를 짠다. 그것은 데이브가 뭐든 시시한 것을 하나 찾아서 죽도록 사랑하는 것이 삶의 열쇠라는 사실을 아는 사람이기 때문이다. 최근에 전화가 연결된 한 청취자는 그에게 "그만 극복하라"고 말했다. 2006년 슈퍼볼에서 시애틀이 주심 빌 리비의 끔찍한 오판 탓도 있고 해서 졌던 일을 말하는 거였다. 소프티의 대답: "아무것도 극복하지 마세요." 이것이 그의 철학의 전부다. 실즈는 말한다. 이것이 내 철학의 전부다. **실패는 유일한 주제다.** * 나는 그의 말에 동의하지 않지만 이 책은 예외다. 실패는 이 책의 유일한 주제다(나는 주제를 찾는 일에 늘 실패한다). 내가 집착하는 것은 주제가 형식을 통해 드러나는 글쓰기. 글의 내용과 형식을 분리할 수 없는 글쓰기. 따라서 이 책을 쓰는 가장 성공적인 방식은 이 책을 쓰는 데 실패하는 것이다. 질문: 아무도 보지 않고 영사기사도 없는 극장에서 영화가 상영되면 영화는 상영된 것인가 상영되지 않은 것인가?

41
영화가 대신할 수 있다. 〈바람과 함께 사라지다〉(1939)의 한 장면. 영화 속 명대사를 꼽으면 거의 언제나 10위 안에 랭크되고 중년 이상의 백인 이성애자 남성들을 대상으로 한 조사에서는 절대 1위를 놓치지 않는 바

• 데이비드 실즈, 『문학은 어떻게 내 삶을 구했는가』, 김명남 옮김, 책세상, 2014, 228~229쪽

로 그 대사를 클라크 게이블이 내뱉는다. 솔직히, 내 사랑, 나는 좆도 신경 안 써요(Frankly, my dear, I don't give a damn).

42
비평가는 실패한 작가 운운하는 세간의 편견에 발끈하는 대부분의 비평가들과는 달리 히키는 어린시절부터 작가가 되고 싶었기 때문에 비평가가 되었다고 인정한다. 하지만 에어기타는 기타리스트가 되지 못한 사람들을 위한 자위행위 같은 게 아니다(방문 틈으로 보면 비슷해 보일지도 모르지만). 어린 찰스는 기타리스트가 되고 싶지만 그럴 수 없기 때문에 에어기타를 연주하는 게 아니다. 그는 닐 영의 노래를 연주하려는 게 아니다. 그는 노래를 연주하는 닐 영이 **되려고** 한다. 닐 영을 흉내 낸다는 말이 아니고 닐 영 같은 기타리스트가 되고 싶다는 말도 아니다. 넥스트 닐 영이나 포스트 닐 영 같은 건 더더욱 아니다. 그는 다만 〈강을 따라 아래로〉를 연주하는 바로 그 순간의 닐 영이 되기를 시도/기도하는 중이다. 가장 상상적인 동시에 가장 가망 없는 방식으로.

43
동일시. 모든 서사가 출발하는 장소city. 혹은 시간 time.

47

44

드뷔시는 뚜껑이 닫혀 있는 피아노를 연주하곤 했다. 로베르 브레송은 단장 형식으로 이루어진 『시네마토그래프에 대한 단상』의 한 구절을 이렇게 쓴다. 뚜껑이 닫힌 피아노를 연주해서 어쨌다는 건지 브레송은 설명하지 않는다. 그 문장만으로도 충분하다는 걸까? 대신 그는 두 페이지 뒤에 책에서 가장 유명해진 문장을 쓴다. 현실로 현실을 수선하기. 그리고 40페이지가 지난 다음 그는 다시 한 번 같은 문장을 쓴다. 길지 않은 책에서 유일하게 두 번 반복되는 문장, 현실로 현실을 수선하기.

45

현실로 현실을 수선하기. 나는 그것이 픽션이 하는 일이라고 생각한다. 에어기타. 뚜껑이 닫힌 피아노. 영화. 담배. 글쓰기(비평, 소설, 시, 에세이, 일기, 트윗, 블로그 포스트, 메모, 기타 등등-페이스북은 빼고. 그냥 빼고 싶다)…… 픽션은 언제나 하나의 현실이고 그것은 다른 현실을 수선한다. 현실을 현실로 수선하는 행위는 픽션이다. 나는 지금 같은 말을 반복하고 있다. 왜냐하면 반복이야말로 픽션을 구성하는 핵심요소이기 때문이다. 지난 10년 동안 반복되는 마감에 시달려온 프리랜서 서평가가 자기도 모르게 몸에 익힌 원고 분량을 때우는 방법이기도 하고……

피로에 찌든 사립탐정이나 권태에 빠진 관리자의 책상 맨아래 서랍에는 늘 갈색 종이봉투에 싸인 위스키가 들어 있다. 영화에서는 그렇다. 그들은 유난히 길었던 하루를 정리하며 불 꺼진 사무실에서, 혹은 남들의 눈을 피해 어두침침한 형광등 불빛 아래에서 그것을 마신다. 내 작업실 책상 맨아래칸 서랍에는 버리지 않은 담배가 있다. 일반적인 담배보다 작고 두껍고 독한 일본산 호프Hope 한 갑이다. 담배를 끊은 지 1년쯤 되었을 무렵 서랍 정리를 하다 발견했다. 버리지 않은 이유는 미련이 남아서는 아니고 굳이 그럴 이유가 없어서였다. 아니면 지금 이 순간을 위해서였거나. 나는 포장을 뜯지 않은 호프 한 갑과 함께 이 책의 나머지를 쓸 생각이다. 뚜껑이 닫힌 피아노를 연주하던 드뷔시처럼. 공기를 연주하고 또 연주하던 어린 브래들리 쿠퍼처럼. 한 순간의 호기심으로 세상에 욕심과 질투와 시기와 각종 질병을 풀어놓고는 상자 바닥에 남은 굼뜬 희망hope 하나에 의지해 남은 생을 살았던 판도라처럼. 나는 이 책이 당신 사무실 책상의 맨아래칸 서랍에 놓였으면 좋겠다. 나는 당신이 남의 눈을 피해 이 책의 아무 페이지나 펼쳐 조금 읽은 다음 아무 일도 없었다는 듯이 도로 서랍에 넣고 열쇠로 잠근 뒤 화장실에 가서 손을 닦고 입을 헹구고 자리로 돌아와 하던 일을 마저 하거나 하지 않고 집으로 돌아가면 좋겠다.

영화가 대신할 수 있다. 〈문스트럭〉(1987)의 한 장면. 결혼식을 앞두고 예비 시동생인 니콜라스 케이지와 실수로 하룻밤을 보낸 쉐어가 다음 날 아침 일어나 당신을 사랑한다고 말하는 니콜라스 케이지의 뺨을 두 번 때리며(한 번은 세게, 다음 한 번은 진짜 세게) 말한다. 정신 차려(Snap out of it)! 쉐어는 다음 대사를 말하는 대신 얼굴로 보여준다. 미친놈아 헛소리 작작 하고 가서 이빨 닦고 가슴털이나 밀어! 그때 쉐어의 눈은 정확히 그렇게 말하고 있었다.

There Is a Light That Never Goes Out

꺼지지 않는 불꽃이 있다

"나도 잘 모르겠소. 아마 사는 것과 담배 피우는 것을 포함한 모든 것이겠죠."

— 사르트르

48

2000년 11월, 스무 살의 나는 종로 씨네코아에서 왕가위의 〈화양연화〉를 보며 영화가 영원히 끝나지 않기를 바라는 동시에 어서 끝나기만을 기다리고 있었다. 영화가 너무 좋았기 때문이다. 그리고 담배를 너무 피우고 싶었기 때문이다. 당신이 흡연자이며 극장에서 〈화양연화〉를 봤다면 내 말을 이해할 것이다.

49

2005년 6월, 스물다섯 살의 나는 종로 씨네코아에서 홍상수의 〈극장전〉을 보며 영화가 어서 끝나기만을 기다리는 동시에 영원히 끝나지 않기를 바라고 있었다. 담배를 너무 피우고 싶었기 때문이다. 그리고 극장 밖에서 나를 기다리고 있는 내 몫의 현실을 마주하고 싶지 않았기 때문이다. 당신이 흡연자이며 내가 너무 늙어/늦어버린 건 아닌지 고민하는 이십대 중반을 지나왔(거나 겪고 있)다면 내 말을 이해할 것이다.

50

〈화양연화〉는 바람을 피우는 남자의 아내와 바람을 피우는 여자의 남편이 서로에게 이끌려 사랑에 빠지고 섹스는 하지 않고 인생에서 가장 아름답고 행복한 시절을 보내지만 결국 헤어지는 이야기다.

51

왜 줄거리를 요약하는 일이 이렇게 어려운지 모르겠다. 매번 내가 요약하는 줄거리는 요약하려는 대상을 닮았지만 끔찍하게 뒤틀리고 축소된 일종의 캐리커처, 악의적인 농담처럼 보인다. 남이 요약한 줄거리를 보는 일은 흥미롭다. 하지만 여전히 요약하고 있는 책이나 영화와는 전혀 다른 별개의 텍스트로 느껴질 뿐이다.

52

〈극장전〉은 두 부분으로 나뉘는데, 전반부는 엄지원과 이기우가 등장하는 영화 속 영화 이야기고 후반부는 종로의 씨네코아에서 영화 속 영화를 보고 나오던 김상경이 우연히 엄지원을 만나면서 벌어지는 이야기다. 1)이기우는 수능 시험을 마치고 용돈을 받아 종로 거리를 헤매다가 안경점 앞에서 중학교 때 첫사랑 엄지원을 만나 함께 술을 마시고 섹스를 하려다 발기가 되지 않아 실패한 후 대신 동반자살을 기도한다. 약국을 돌며 수면제를 산 둘은 남산에 있는 여인숙을 향한다. 골목 구멍가게에서 이기우는 말보로를 달라고 하지만 양담배는 팔지 않는다는 대답에 대신 88라이트와 소주, 그리고 오징어를 산다. "말보로 레드 피워야 되는데……" "어떡해?" 같은 대화를 주고받으며 여인숙에 간 그들은 창밖으로 내리는 눈을 보면서 수면제를 나뉘 먹지만 아무도 죽지 않는다.

2) 선배가 감독한 영화 속 영화를 본 김상경은 극장을 나서다 배우 엄지원을 마주친다. 인파 속으로 사라지는 그녀를 바라보던 김상경은 주머니에서 레종을 꺼내 피우려다 말고 카페에 들어가 말보로 레드를 피운다. 암으로 투병 중인 선배의 후원회에 나와달라는 동문회 우편물을 읽던 김상경은 우연히 만난 친구와 함께 밥을 먹는다. 친구 가족들과 같이 친구 차를 타고 가면서 무심결에 담배를 피우려던 김상경은 욕을 먹고 차에서 내리다가 안경점 앞에서 다시 한 번 엄지원을 마주친다. 김상경은 그녀를 또다시 만나기 위해 선배의 후원회와 선배가 입원한 경희대의료원을 찾아가고, 마침내 엄지원과 함께 술을 마시며 선배의 영화가 실은 자기 이야기라고 말한다. "어떤 게 자기 얘긴데요?" "다요, 그 죽으려고 여관 간 거, 그리고 약 나눌 때 한 알씩 나누는 거 다 제 얘기예요, 그 죽기 전에 눈내린 거, 말보로 피우려고 했는데 못 피운 거, 그거 다." 술을 마신 그들은 섹스를 한다.

53

누가 처음 섹스와 담배를 연결시켰는지 모르겠다. 1665년 루이 14세 앞에서 상영된 몰리에르의 희곡 「돈 후안Don Juan」에서 돈 후안의 하인은 담배 없는 삶은 살 가치가 없다고 선언한다. 던 말런은 하인의 말이 담배가 즐거움―호색한의 뚜렷한 목표인 일종의 성적 즐거움―
과 관련됨을 암시할 뿐 아니라 공허함을 둘러싸고 있는
즐거움과 특정한 연관이 있다고 주장한다.[*] 리스본 주
재 프랑스 대사였던 장 니코가 담배를 프랑스 왕궁으로
가져온 게 16세기 중반이었다(니코틴이라는 단어는 그
의 이름에서 따온 것이다). 그로부터 고작 1세기 후에 몰
리에르의 희곡이 상연되었다는 점을 생각하면 유럽에
서 흡연 문화의 초기부터 담배와 섹스가 밀접하게 연관
되어 있었다는 사실을 추측할 수 있다. 오늘날의 팝 컬
처는 몰리에르의 시대보다 훨씬 더 대담하다. 할리우
드 영화는 말할 것도 없고, 섹스 후 담배Cigarettes After
Sex라는 이름의 밴드가 있을 정도다. 내가 그들의 노래
를 처음 들은 건 처남이 운전하는 자동차 안에서였다.
조수석에 앉아 고개를 까닥거리는 내게 처남이 물었다.
매형, 시가렛 애프터 섹스 좋아해? 뭐라고? 나는 되물
었다. 가장 먼저 든 생각은, 처남과 매형 사이에 나누기
적절한 대화 주제는 아니라는 것이었다. 그 후로 이런
저런 장소에서 시가렛 애프터 섹스의 노래를 들었지만
일부러 찾아 들은 기억은 없다. 내게는 시가렛 애프터
섹스를 좋아한다고 말하는 사람들에 대한 약간의 편견
이 있다. 취향으로 누군가를 판단하고 싶지는 않지만,

• 던 말런, 「공허의 상징, 흡연」, 샌더 L. 길먼 외 엮음, 『흡연의 문화사』,
이마고, 2006, 413쪽

그리고 내가 너무 고지식한 건지는 모르겠지만, 해맑은 얼굴로(해맑지 않은 얼굴이라면 더더욱) 시가렛 애프터 섹스 좋아해요, 라고 말하는 사람을 좋아하기는 힘들 것 같다……

네 안의 음악을 들었어
이유를 말해줄래?
네 안의 음악을 들었어 베이비
왜인지 말해줘**

54
섹스가 끝난 후 옷을 입고 여관에서 먼저 나가려는 엄지원을 김상경이 붙잡는다. 그리고 말한다. "그냥 우리 진짜 죽어버릴래요? 죽을 마음만 있으면 반년쯤만 살다 죽을래요? 그럼 진짜 사랑할 수 있을 거 같은데." "됐어요." 한숨을 쉬며 일어나는 엄지원. "계속 그렇게 누워 계실 건가요? 그럼 저 먼저 갈게요." "가지 마세요. 제가 조금만 누워 있고 싶어서 그런 건데." "아니에요. 가봐야 돼요. 정말 갈 데가 있어요." "그럼 갔다 오시면 안 돼요? 제발 다시 돌아오세요. 부탁입니다." "봐서 그럴게요. 주무세요 그럼." "저 미안한데, 그럼 뭐 놓고 가시죠. 제가 갖고서 있을게요." "뭘 놓고 가

•• Cigarettes After Sex, 〈종말Apocalypse〉(2017)

요?" 싸늘하게 되물은 엄지원이 문을 나서며 마지막으로 말한다. "동수 씬 영화를 정말 잘못 보신 거 같아요." 그때 엄지원의 얼굴은 그보다 더 많은 말을 한다. 쉐어가 그랬던 것처럼……

55

〈화양연화〉는 사랑과 불륜과 헤어짐에 관한 영화가 맞다. 동시에 비밀에 관한 영화, 국수와 만두와 참깨죽과 스테이크에 관한 영화다. 느닷없이 내리는 비와 푸르게 피어오르는 담배 연기에 대한 영화고 늦은 밤 흔들리는 택시 안의 침묵에 대한 영화며 비좁은 복도에서 서로를 껴안듯 스치는 순간의 호흡에 대한 영화다. 무엇보다 시간과 기억에 대한 영화다. 정확하게는 시간을 편집하는 방식으로서의 기억에 관한 영화라고 해야겠지만.

여기에는 이중의 픽션이 작용한다.

1)미래의 어느 시점에서 과거의 아름다웠던 한때('화양연화')를 돌아보는 기억이라는 픽션. 이때 조각난 기억들을 느슨하게 이어주는 것은 담배 연기가 떠다니는 어떤 공기 in the 'mood' for love다.

2)과거의 시간 속에서 배우자의 불륜이라는 사건을 겪는 장만옥과 양조위가 시간을 견뎌내기 위해 함께 만들어내는 픽션. 처음 그들은 상대의 배우자를 연기하며 불륜이 시작되는 순간을 재연하고, 담배를 피

60

우고, 무협소설을 공동집필하며, 미래의 그들 자신이 되어 이별의 순간을 리허설한다(그 밖의 작고 사소한 반복들이 그들의 시간을 구조화한다).

56
현실의 시간을 견디기 위해 픽션을 만들어내는 〈화양연화〉와 이미 만들어진 픽션이 현실의 경계를 넘어 현실과 겹치는 이야기인 〈극장전〉 모두에서 담배가 중요한 역할을 한다는 사실은 중요하다. 혹은 미래의 어느 시점에서 지나간 날들을 기억하는 남자가 과거를 돌아보며 만들어내는 픽션인 〈화양연화〉와 잊고 있던 기억을 누군가 도용해(적어도 본인은 그렇다고 주장하는) 만들어낸 픽션을 보게 된 남자의 이야기인 〈극장전〉 모두에서 담배가 중요한 역할을 한다는 사실은 중요하다. 나는 지금 중요하다는 단어를 네 번 반복하고 있다. 왜냐하면 내가 쓰고 있는 책의 제목이 『담배와 영화』이기 때문이다. 지금까지 국내외의 어떤 평자도 두 영화 모두에 등장하는 담배의 중요성에 대해 주목하지 않은 이유는 간단하다. 그들은 『담배와 영화』라는 제목의 책을 쓸 필요가 없었던 것이다. 모두 운이 좋은 사람들이다……

57
에르빈 파노프스키는 「영화에서 양식과 매체」에서 영

화의 독자적이고 특수한 가능성은 시간의 공간화란 개념으로 규정될 수 있다고 말한다. 다시 말해, 시간을 공간으로 표현하는 것이 영화의 본질이다. 그것은 영화가 픽션이라는 사실을 다르게 말하는 방식이다. 이 사실을 누구보다 잘 아는 왕가위는 〈화양연화〉에서 클로즈업된 시계와 담배를 피우는 양조위의 모습을 반복해서 보여준다. 그것이 〈화양연화〉의 수많은 신들과 조각난 시간들을 한 편의 영화로 매끄럽게 이어주는 비밀이다.

58
왕가위의 말에 의하면 "원래는 그저 단순하게 시작했는데, 갑자기 이 영화가 그렇게 간단하게 끝날 수 없다는 사실을 알았을 때는 걷잡을 수 없는 지경에 이른 다음이었다"라고 고백했다. 내가 알고 있는 바로는 정확하게 28개월을 여기에 매달렸다. 그는 고치고 또 고쳤다. 별별 소문이 들렸다. 잠시 다른 영화의 현장에서 만난 양조위에게 물어보자 "나도 무슨 이야기인지 모르겠다. 무언가 계속 찍고 있는데, 솔직하게 마지막 편집이 끝나기 전에는 내가 무얼 하고 있는지 모르겠다. 아마 그건 왕가위도 마찬가지일 것"이라고 대답했다.•

• 정성일, '애타게 〈2046〉을 기다리며―왕가위에게 보내는 정성일의 연서', 《씨네21》(http://www.cine21.com/news/view/?mag_id=26413)

왕가위의 두 번째 영화 〈아비정전〉(1990)의 오프닝 시
퀀스에서 장국영은 장만옥이 일하는 매점을 세 번 방
문한다. 첫째 날. 담배를 물고 뚜벅뚜벅 복도를 걸어
온 장국영이 냉장고에서 콜라를 꺼낸다. 얼마죠? 20
센트요, 병 보증금은 5센트고요. 점원을 보지도 않고
지폐를 내미는 장국영이 담배 연기를 내뱉는 순간 **째
깍째깍** 시계 초침 소리가 들리기 시작하고 카메라가
벽시계를 비춘다. 2시 59분 45초 46초 47초…… 이름
이 뭐죠? 여전히 고개를 숙인 채 무심한 듯 이름을 묻
는 장국영에게 알아서 뭐 하게요? 되묻고 공병을 정
리하는 척 자리를 피하는 장만옥. 그제야 고개를 들어
그녀의 뒷모습을 바라보던 장국영이 사실은 벌써 알
고 있다고 말한다. 수리첸. 그것이 그녀의 이름이다.
깜짝 놀란 장만옥이 어떻게 알았냐고 따지지만 장국
영은 대답 대신 오늘 밤 꿈에 날 보게 될 거라는 뚱딴
지같은 말을 남기고 사라진다. 둘째 날. 카운터 앞에
서 하품을 하는 장만옥 뒤로 장국영이 뚜벅뚜벅 복도
를 걸어온다. 장국영이 콜라를 꺼내 동전과 함께 카운
터에 내려놓으면 눈을 피하며 주저하던 장만옥이 말
한다. 어젯밤 꿈에 당신 안 봤어요. 물끄러미 그녀를
쳐다보던 장국영이 대꾸한다. 물론이지. 한숨도 못 잤
을 테니까. 소용없어요. 또 봅시다. **째깍째깍** 초침 소
리 다시 들려오고 장국영이 천천히 몸을 돌려 퇴장하

면 화면을 채우는 벽시계. 이제 시간은 4시를 향하고 있다. **째깍째깍** 초침 소리를 배경으로 테이블에 엎드려 쪽잠을 자는 장만옥의 얼굴에 옅은 미소가 떠오른다. 그녀는 지금 꿈을 꾸는 중이다. 셋째 날. 뚜벅뚜벅 복도를 걸어온 장국영을 못 본 척 장만옥이 마른걸레질을 한다. 오늘 좀 달라 보이는데? 다짜고짜 말을 거는 장국영에게 달라 보일 게 하나도 없다는 장만옥. 왜 귀가 빨갛죠? 장국영이 짓궂게 묻자 참다못한 장만옥이 소리친다. 나한테 왜 이래요? 대체 뭘 원하죠? 그냥 친해지고 싶어서 그래요. 내가 왜요? **째깍째깍** 다시 초침 소리가 들려오기 시작하고 장국영이 그녀 곁으로 다가간다. 뒷걸음질 치는 장만옥. 장국영은 마치 둘이 이미 연인이고 연인의 허리를 감싸기라도 한다는 듯 부드러운 동작으로 손목을 내민다. 내 시계 좀 봐요. 내가 왜요? 그냥 1분만 봐요. **째깍째깍** 그녀가 시계를 바라보고 **째깍째깍** 카메라는 잠시 시계를 보는 둘을 비추고는 **째깍째깍** 또다시 벽시계를 보여준다. 2시 59분 55초 56초 57초 58초 59초…… 시간 다 됐어요. 그러자 장국영이 말한다. 1960년 4월 16일 3시 1분 전. 당신과 난 1분을 같이 했어. 당신 덕분에 난 항상 이 순간을 기억하겠군요. 이제부터 우린 친구예요. 이건 당신이 부인할 수 없는 엄연한 사실이죠. 이미 지나간 과거니까. 내일 봐요.

60

째깍째깍. 시간은 픽션이 되고 기억이 되며 마침내 현실이 된다. 하지만 인간의 기억은 불안정하다. 그들의 1분은 이어지는 신들을 통해서만, 신들의 배치가 만들어낸 영화라는 매개를 통해서만 온전한 기억이 된다. 온전한 기억이라는 게 존재한다면 말이지만. 따라서 장국영은 그 순간 의식하지 않은 채 영화라는 예술 자체에 대해 말하고 있다. 예술? 내가 지금 예술이라고 했나? 하스미 시게히코는 제자들과 아무렇게나 나눈 영화 방담에서 지나치듯 언급한다. 영화는 기억의 예술이고 문학은 죄다 잊어버려도 좋은 예술이라고 생각해요. 예술인지 아닌지는 차치해두고요.* 째깍째깍. 나는 중간중간 긴장을 고조시키던 시계 초침 소리가 첫 장면에서 장국영이 뚜벅뚜벅 복도를 걸어오던 순간부터 쭉 거기에 있었다는 사실을, 그러니까 실은 한 번도 들리지 않은 적이 없다는 사실을 이 글을 쓰기 위해 같은 장면을 여러 번 돌려본 후에야 뒤늦게 깨달았다.

61

　　……참고로 압권인 사실은 이 영화의 최종적인 완성본은 영화가 첫 상영 되기 다섯 시간 전에야 간신히

---

* 하스미 시게히코·구로사와 기요시·아오야마 신지, 『영화장화』, 조정민 옮김, 책읽는저녁, 2018, 199쪽

나왔다고 한다. 영화가 첫 상영 되기 전까지 아무도 이 영화의 완성본을 본 사람이 없었는데, 심지어는 완성본 프린트가 상영 시작 전까지 극장에 도착하지 못할 것을 걱정한 제작자 등광영은 무대에 올라가 "영화의 프린트가 제시간에 도착하지 못할 수도 있으니 그전까지 가수들과 배우들의 공연으로 시간을 때우겠습니다"라는 말을 관객들에게 할 수밖에 없었는데, 다행히도 프린트가 극장에 제시간에 도착하였고, 그렇게 간신히 시작한 첫 상영이 끝나고 난 후 관객들은 모두 벙쪄 있었고, 아무도 왕가위에게 말을 거는 사람이 없었는데, 그러다가 마침내 매염방이 왕가위에게 한마디 말을 걸었고, 그 한마디 말이 "제 노래가 너무 늦게 나오네요" 였다고 한다. 이후 오우삼이 "난 이 영화가 걸작이라고 생각한다"라는 말을 해줬고, 그렇게 첫 상영이 끝난 것이다.*

62
갑자기 영화가 중간에 그냥 끝나버렸다. 나는 망연자실해졌다. 아니, 어쩌자고 여기서 영화가 끝나버린단 말인가. 명백히 이야기는 더 남아 있었다. 그것도 한참이 더 남아 있는 것이 분명했다. 하지만 그건 내 생각이었다. 영화는 거기서 끝났다. 나는 아직도 왕가위의 두 번째 영화 〈아비정전〉을 지금은 사라진 중앙극장에서 크리스마스이브에 처음 본 날의 충격을 잊지 못한다. 물론 아비(장국영)는 죽었다. 하지만 그 곁에 있던 경찰관(유덕화)은 어떻게 할 참인가. 아직 홍콩에 남아 있는 수리첸(장만옥)은 어떻게 견뎌야 할까. 그를 찾아 떠돌고 있는 루루(류가령)는 그의 죽음을 알게 될까. 그녀를 짝사랑하는 아비의 친구(장학우)는 언제까지 그녀를 기다릴까. 아니, 그런 건 아무래도 좋다. 영화는 갑자기 한 번도 본 적이 없는 사내가 좁은 방에 등장한 다음 카드를 챙겨 들고 옷을 빼입고 난 다음 불을 끄고 나간다. 그는 도대체 누구일까(양조위). 영화는 거기서 끝났다. 나는 왕가위 감독을 만날 때마다 이 영화의 마지막 장면에 대해서 물어보았다. 그는 매번 다르게 대답했다. 그것이 중간에 끝나버린 영화의 운명일지도 모른다. 결국 이 영화는 왕가위의 소망과 달리 후편을 찍지 않았다(혹은 못했다). 하지만 나는 여전히 기약도 없는 이 영화의 뒷이야기를 기다리고 있다.••

63
왕가위가 전하는 두 개의 후일담: "〈동사서독〉은 베니스국제영화제에서 처음 상영됐는데, 베니스로 필름을

• 내 책에 나무위키를 인용하게 될 줄은 몰랐다. 변명은 이렇다.
1)구글링을 하다 나무위키의 해당 항목을 읽음 2)재미있는 부분을 발견함
3)출처를 찾기 위해 검색했지만 검색능력과 시간의 부족으로 찾을 수 없음
4)눈물을 머금고 나무위키를 인용…… (https://namu.wiki/w/아비정전)
•• 《무비위크》의 특집 기사 중 정성일이 쓴 부분을 '정성일 아카이브'에서
인용(https://seojae.com/web/2016/movieweek_20130322.htm).

가져가려고 운송업체가 찾아왔을 때, 편집은 끝나지 않은 상태였고 저는 너무 긴장해 있었어요. 지금처럼 컴퓨터가 아니라 필름을 하나하나 자르고 붙여서 편집하는 시대였어요. 편집실 천장부터 바닥까지 전부 필름으로 가득 차 있었는데, 유일하게 임청하 장면 한 컷을 못 찾은 거예요. 모든 사람이 필름 더미를 뒤졌지만 결국 찾았을 땐 이미 운송업체가 떠난 뒤였죠."

"홍콩에 밤 11시 30분에 하는 심야 시사회란 게 있어요. 〈중경삼림〉 시사회를 하던 날, 저녁 9시까지 후반작업 중이었어요. 그때 필름 한 통이 10분 분량, 한 극장에 통 아홉 개가 가야 하는데, 이미 영화는 상영을 시작했고, 차량들은 계속 필름을 실어 날랐죠. 어떤 극장은 완벽한 상영시간 90분짜리 영화를 보고, 좀 먼 극장은 80분 버전을 봤어요. 80분 즈음 양조위와 왕정문이 헤어지거든요, 그래서 어떤 관객들은 '아 〈중경삼림〉은 비극이구나' 생각했어요. 더 먼 교외지역은 70분 버전이 상영됐는데, 단 한 명의 관객도 불만을 토로하지 않았습니다. 개인적으로 굉장히 재밌었던 기억이에요. 근데 그때부터 홍콩 극장법이 모든 필름이 동시에 도착하지 않으면 영화 개봉을 하지 않는 것으로 바뀌었지요. 저 때문에."*

• 《맥스무비》, '듣고 보면 더 재밌다_〈동사서독 리덕스〉 왕가위 감독-정성일 평론가 대담', 정성일 아카이브에서 인용(https://seojae.com/web/2018/maxmovie_20131206.htm).

시나리오를 쓰지 않고 촬영에 들어가기로 유명한 왕가
위는 〈화양연화〉의 첫 촬영을 홍콩의 낡은 병원 건물
에서 시작했다. 곧 헐릴 예정인 이 건물을 영화 속 호
텔로 개조해놓고 양조위와 장만옥을 데려다 카메라에
담았다. 이곳에서 왕가위는 완성된 영화에 포함되지
않은 그들의 베드신을 찍었다. 비 내리는 창문 밖에 카
메라를 놓고 소리로 방 안 풍경을 어렴풋이 느끼게 하
는 암시적인 장면이다. 그러니까 〈화양연화〉는 지금보
다 좀 더 '통속적'인 데서 출발했다. 촬영 초기 왕가위
는 양조위의 교활한 면을 부각시키는 장면도 찍었다.
장만옥의 남편이 자신의 아내를 유혹했다고 여긴 양
조위가 복수심으로 장만옥에게 접근했다는 설정이다.
"정확히 뭔지 모르지만 잘못됐다는 느낌이 들었다. 처
음부터 다시 찍어야 했다."** 원래 계획에 따르면, 양
조위는 장만옥에게 이별을 고하고 싱가포르로 떠난다.
그녀는 싱가포르에 가 그를 찾아내고 둘은 함께 밤을
보내는데 양조위는 이렇게 말한다. "이건 복수다. 당
신도 내 아내와 다를 바 없는 여자다." 몇 년 후 지인의
결혼식에서 둘은 마주치고 양조위의 아이를 키우던 장
만옥은 그 사실을 숨긴다. 양조위는 후회한다. 이 결말

•• 《씨네21》, 'DVD 서플먼트의 은밀한 매력(2)'(http://www.cine21.com/
news/view/?mag_id=14972)

은 칸영화제 출품에 시간이 쫓기는 바람에 실행되지 못했다.* 프랑스 남자들이 홍콩 남자를 구했다.

65
영화평론가 정성일의 또 다른 전언: "이 영화의 촬영은 무려 18개월이나 되었습니다. 계속해서 시나리오를 수정했고, 그리고 사실상 처음에 알려진 것과 완성된 영화는 완전히 다른 이야기가 되었습니다. 저는 지금도 생생하게 기억합니다. 홍콩에서 〈화양연화〉의 월드 프리미어가 있었을 때, 이 월드 프리미어를 보러 갈 수 있었습니다. 끝나고 난 다음에 영화를 보고 나온 양조위가 저한테 푸념하듯이 이렇게 이야기했습니다. 아, 이 영화가 이런 줄거리의 영화였군요. 그러니까 중간에 계속 뒤바뀐 이 영화가 완성되기 전까진 사실상 이 영화에 출연한 배우들조차 무슨 이야기인지 알 수 없었던 것이었습니다."**

66
메모: 62번과 63번 사이에 〈아비정전〉 엔딩에 느닷없이 등장한 양조위가 내내 담배를 물고 있으며 지폐 다

---

* 《씨네플레이》, '데뷔 30주년 왕가위, 인터뷰집 『왕가위』가 알려주는 뒷이야기 15가지'(https://m.blog.naver.com/cine_play/221254230885)
** '정성일이 뽑은 21세기 영화 30편'(https://youtu.be/JB1t4FWN0xs?t=11233)

발과 카드를 챙기기 전에 럭키스트라이크 두 갑과 지포 라이터를 재킷 주머니에 넣는다는 사실을 지적하는 단장을 추가할 것. 왕가위의 편집에 대해서 좀 더 서술할 필요가 있다. 〈화양연화〉의 총 제작기간이 28개월이고 촬영기간이 18개월이면 편집 및 후반작업은 10개월? 유난히 긴 시간인지는 확인해볼 필요 있음. 언젠가 월터 머치가 마이클 온다치에게 보통 영화 한 편의 필름 길이가 4킬로미터인데 프란시스 포드 코폴라의 〈지옥의 묵시록〉(1979)이나 마이클 만의 〈인사이더〉(1999)의 촬영 필름 전체는 백 배인 400킬로미터에 달한다는 이야기를 했는데(구체적인 숫자는 확인 필요) 그럴 경우 보통 편집기간이 얼마나 될까? 혹은 각각의 영화에서 왕가위가 사용한 촬영 필름은 몇 킬로미터나 될까(확인할 방법 없음)? 영화의 편집과 기억의 편집 그리고 글쓰기의 편집을 유비하면서 픽션이라는 개념으로 모을 수 있는 방식을 고민할 것. 특히 내가 이 책을 쓰고 있는 방식과 왕가위의 편집 방식의 유사함에 대해서 살짝 언급할 것. 어쨌든 왕가위가 오래 찍고 편집에도 많은 시간을 들이는 건 사실인 듯. 허우샤오시엔: 왕가위는 지구상에서 가장 오랫동안 한 편의 영화를 만드는 사람. 〈해피 투게더〉를 만들고 남은 촬영분으로 〈부에노스 아이레스 제로 디그리〉(2000)라는 다큐? 메이킹? 뮤직비디오?를 만들기도 했고. 이런 왕가위의 편집 방식을 한때 왕가위의 전매

특허처럼 여겨졌던 스텝프린팅 기법과 연결해서 말할 수 있음(왜?). 혹은 〈동사서독〉의 영어 제목인 '시간의 재'를 키워드로 왕가위 영화의 편집 방식을 픽션화할 수 있음(어떻게?). 왕가위 영화에 나오는 시계들에 대해 언급하기. 이를테면 〈중경삼림〉(1994) 오프닝. 혼잡한 거리에서 도망치는 범인을 쫓던 금성무와 임청하가 스치는 순간 난데없이 등장하는 플립시계(4월 28일 금요일 8시 59분 → 9시 00분. 1995년일까?). 〈중경삼림〉에서 줄담배를 피우는 임청하에 대해 말하기(사실 촬영장의 진짜 헤비 스모커는 영화에 흡연 장면이 나오지 않는 왕페이였다는 트리비아를 언급할 필요가 있을까?). 시계＋담배＝시간의 재. 사실 그렇게 따지면 그냥 담뱃재＝시간의 재인 듯. 왕가위의 영화가 축소되거나 확장되는 방식에 대해 말할 수도 있다. 〈아비정전〉이 원래 2부작이었지만 1부만 만들어진 것과 반대로 〈타락천사〉(1995)가 원래 〈중경삼림〉의 에피소드 중 하나로 기획됐는데 찍다 보니 독립된 영화가 된 것처럼. 혹은 〈중경삼림〉이 〈동사서독〉 촬영 중에 제작비도 벌 겸 기분도 전환할 겸 최소한의 장비와 비용을 사용해 학생 영화 같은 느낌으로 찍은 영화인 것처럼? 중요: 〈중경삼림〉을 말할 때 통조림의 유통기한에 대한 금성무의 생각은 언급하지 말 것. 양조위가 말을 거는 비누에 대해서는 입도 뻥긋하지 말 것.

67

〈중경삼림〉은 두 부분으로 나뉘는데, 전반부는 여자친구와 헤어진 금성무(경찰번호 223)와 마약 밀매상 임청하의 이야기고 후반부는 여자친구와 헤어진 양조위(경찰번호 663)와 그가 자주 가던 샐러드바에서 일하는 왕페이의 이야기다. 첫 번째 이야기에서 스물네 살의 금성무는 생일을 한 달 앞둔 만우절에 여자친구에게 차인다. 그녀는 데미 무어를 닮았지만 그는 브루스 윌리스를 닮지 않았다는 이유였다.

68

여기서 우리는 하나의 분기점에 선다. 혹은. 분기점은 어디에나 있지만 하필이면 여기에서 나는 분기점을 드러낸다. 우리 앞에는 세 가지 길이 있다. 혹은. 한 권의 책에 담기에는 언제나 지나치게 많은 길이 있고, 나는 그중 세 개의 길을 제시한다.

①만우절이라는 단어에서 이어지는 길이 궁금하다면 → 71번으로 가시오

②브루스 윌리스의 이야기가 궁금하다면 → 125번으로 가시오

③이게 다 무슨 짓거리인지 회의가 든다면 → 지금까지 하던 대로 계속 읽어주시길(제발)······

69

……(중략) 오래된 고서가 발견되었습니다. 발견자는 그 책이 사실은 다른 두 권의 책이 '엉성하게' 묶인 상태란 걸 알게 됩니다. 그 책을 읽으면서 발견자는 저자의 의도에 대해서 확신할 수 없습니다. "각 책의 내용은 어차피 독립된 것이고, 묶여진 것에 개의치 말자", "두 책은 저자가 의도적으로 묶어놓은 것이므로 읽는 자는 두 책 사이의 연결점을 찾아내야 한다" 이런 두 다른 읽기의 태도가 이 영화의 관람 속에서 계속해서 교차되는 그런 관객 경험을 기대하고 있습니다.[*]

　　홍상수는 『극장전』 보도자료에 쓴 연출 의도를 통해 모든 책이 사실은 다른 몇 권의 책이 '엉성하거나 촘촘하게' 묶인 상태이며 모든 영화 또한 몇 편의 영화가 '촘촘하거나 엉성하게' 묶인 상태라는 사실을 보여주는 동시에 은폐한다.

70

인간의 상상력은 이야기를 만들어나감으로써 실존적 공허함에 억지로 질서를 부여하는데, 궁극적으로 무의미할 뿐인 인간의 이야기는 시작, 중간부, 결말을 산뜻하게 지닌 질서 있는 유기체를 기만적으로 엮어

---

[*] 　정성일, 「구조(構造), 잘 알지도 못하면서」, 『필사의 탐독』, 바다출판사, 2010, 230쪽에서 재인용

낸다. 이렇듯 예술은 형식이 지닌 위안적 힘을 활용한다. 허구의 연금술은 사소한 일상사를 문학 속의 모험으로 변모시키지만, 그 결과 발생하는 이야기는 결코 진실이 아니다. 모든 내러티브는 기표들의 시간적 연속체를 상상된 사건들의 연속체와 동일시함으로써 스콜라 철학자들이 post hoc ergo propter hoc('이 이후에 있는, 따라서 이 때문에')이라고 부른 논리적 오류를 범한다고 롤랑 바르트는 말하기도 하였다. 단순히 연결된 것을 실제 결과로 혼동함으로써 내러티브는 단순한 반복으로 특징지어지는 세계에 대해 인과법칙을 강제로 부여한다. 따라서, 모더니즘적인 예술의 '탈인간화'에는 리얼리즘 내러티브의 소망성—심지어는 가능성—에 대한 단호한 부정이 함축되어 있다. 허구에 대한 세르반테스의 비판을 과격화시켰다고 할 수 있을 정도로, 모더니스트들은 모든 이야기가 거짓말이라고까지 제안한다.

더욱이 모든 이야기가 거짓말일 뿐만 아니라 모든 인간들은 거짓말쟁이이기도 한데, 결국 모든 인간은 이야기꾼이기 때문이다.••

•• 로버트 스탬, 『자기 반영의 영화와 문학』, 오세필·구종상 옮김, 한나래, 1998, 38쪽, 강조는 인용자

71

2003년 4월 1일 나는 가슴에 노란 스마일 배지를 달고 있는 군대 훈련병(훈병번호 235)이었다. 노란 스마일 배지의 의미는 이 훈련병을 친절하게 대하시오. 다시 말해 배지를 달고 있는 병사가 관심사병이라는 뜻이었다. 내가 무슨 잘못을 했는지는 모르겠다. 아마 내가 무슨 잘못을 했는지 모른다는 게 잘못이었던 것 같다…… 덕분에 나는 조교와 동료 훈련병들의 친절한 (무)관심 속에서 훈련소 생활을 무사히 마칠 수 있었다. 그리고 전경으로 차출되어 부산 금정구로 보내졌다. 그건 다른 이야기다. 아직 나는 훈련소에 있고 그날은 만우절이다. 며칠이 지났다. 당시 사귀던 여자친구에게 위문편지를 받았다. 특별할 것 없는 편지였다. 안부가 있고 주변 사람들의 이야기가 있었으며 적당한 위로가 있었다(아마도). 그리고 편지의 말미에 지나가듯 오늘 장국영이 죽었다는 이야기가 있었다. 만우절에 쓴 편지였다. 왜 하필 장국영이지? 나는 생각했다. 그러니까 많고 많은 만우절 거짓말 중에 왜 하필 장국영이 자살했다는 거짓말을 하는 거지? 나는 답장에 이렇게 썼다. 뻥치지 마! 내가 관심사병이라는 말은 쓰지 않았다. 나는 훈련소가 끝나고 충주 경찰학교로 보내져 2주 동안 후반기 교육을 받았다. 장국영이 정말 죽었고 그날은 만우절이었다는 사실을 거기서 알았다. 나는 경찰학교의 소극장에서 동료들과 함께 양조위와 유덕화가 각각 조직폭력

배로 위장잠입한 경찰과 경찰로 위장취업한 조직폭력배로 출연하는 〈무간도〉(2002)를 단체관람했다. 1년 후 나는 스물네 살이 되었고 부산 금정구의 금정경찰서에서 근무하며 여자친구에게 차였다. MSN 메신저를 통해서였다. 감사합니다 정성을 다하는 금정경찰서 전경 금정연입니다. 경찰서를 찾은 민원인들에게 서울말로 깍듯하게 인사하면 부산 사람들은 인마는 뭐고? 하는 눈빛으로 나를 쳐다보았다.

72

①장국영의 팬이라면 → 59번으로 돌아가시오(원하는 만큼 루프 속에 머무르시오)

②부산 금정경찰서에서 금정연에게 일어난 일이 궁금하다면 → 105번으로 가시오

③그러니까 이게 대체 무슨 짓거리냐고…… → 죄송합니다……

73

어느 새벽, 출판사 대표가 못 박아둔 이 책의 납품기일을 이미 넘기고 작업실에서 밤샘 작업을 하는 내게 정지돈이 전화를 걸어왔다. 그는 나와 같은 마감에 묶여 있었고 내가 아는 한 그 역시 아직 마감을 하지 못한 상황이었다. 안부를 나누고 이런저런 이야기를 주고받다가 그가 먼저 내게 원고는 잘 되어가냐고 물었다.

—설마요. 지돈 씨는 『영화와 시』 어떻게 하고 있
  어요?
—저는 다 썼어요.
—헉 진짜요?
—진짜요.
—지이이인짜요?!
—하하, 진짜.
—지이이이이이인짜아아??!!
—……가짜……

　　정지돈이 말했고 우리는 동시에 웃었다. 그리고
동시에 울었다. 모르겠다. 적어도 나는 울었다. 아기와
함께 생활하게 된 이후로 눈물이 많아졌다. 새로 산 내
기계식 키보드 위로 눈물이 뚝뚝 떨어졌다. 나만 망한
건 아니라는 안도와 어떤 종류의 연민(우리-연민?)이
뒤섞인 눈물이었다. 정연 씨 울어요? 촉촉한 목소리로
정지돈이 물었다. 무슨 말이에요 그게…… 밖에 비 와
요? 내가 되물었다.

74
영화가 대신할 수 있다. 영화는 가끔(생각보다는 자주)
자신의 가면을 가리키며 우리에게 직접 말을 건다. 〈거
짓의 F〉(1973)는 오손 웰즈가 마지막으로 완성한 장편
영화다. H.G. 웰스의 『우주 전쟁』을 뉴스 속보처럼 각

색한 라디오극을 통해 화성인들이 지구를 침공했다고 믿게 만들며 수많은 미국인들을 패닉에 빠지게 했던 웰즈의 마지막으로 이보다 더 어울리는 영화가 있을까? 영화의 시작. 마술사 복장을 한 웰즈가 기차역에서 아이들에게 마술을 보여준다. 열쇠를 동전으로 바꾸는 마술이다. 웰즈는 말한다. 어떤 작은 속임수라도 쓰는지 눈을 크게 뜨고 지켜보도록 하세요. 물론 아무리 눈을 크게 떠도 속임수를 알아차릴 수는 없다. 객차 안에서 그 모습을 지켜보던 오야 코다르가 창문을 열고 말한다. 오래된 속임수, 다 알아요. 웰즈는 태연하게 대꾸한다. 와이 낫? 나는 야바위꾼인걸요. 위대한 후디니도 말했죠. 마술사는 배우라고, 마술사를 연기하는 배우일 뿐이라고요. 이어 열쇠를 사라지게 만드는 마술을 보여주던 웰즈가 말한다. 열쇠는 아무 뜻도 없어요. 상징이나 뭐 그런 게 아니에요. 이건 그런 영화가 아니에요. 그럼 어떤 영화일까? 소년에게 열쇠 대신 하얀 토끼 한 마리를 안긴 그가 천천히 열차 앞으로 걸어간다. 스태프들이 펼쳐 든 하얀 스크린 앞에 선 웰즈를 향해 카메라가 들어가면, 하얀 연기가 피어오르는 시가를 든 웰즈가 카메라를 보며 말한다. 신사숙녀 여러분, 소개합니다, 이것은 속임수와 사기 그리고 거짓말에 관한 영화입니다. 그 순간 오렌지색 조명이 비추고 배경의 스크린이 치워지며 카메라가 다시 뒤로 물러서면 웰즈는 기차역이 아닌 세트장에 있다. 웰즈는 계속해서 말한다. 벽난로 앞이나 시장이나 영화나, 어디서 하는 얘기건 대부분의 이야기들은 모두 어떤 종류의 거짓말이라고 할 수 있습니다. 하지만 지금은 아니에요. 그럼요, 약속하죠. 앞으로 한 시간 동안, 우리에게 들을 이야기는 모두 사실입니다. 단단한 사실에 기반한 이야기예요. 장면 바뀌면 검은 화면을 가득 채운 단어들. FAKE!

75
도무지 풀리지 않는 개인적인 의문들의 목록: 왜 마술사는 매번 모자에서 토끼를 꺼내는 걸까? 왜 홍만이는 닭도 아니고 개도 아니고 소나 돼지나 양도 아니고 하필 토끼의 성장을 촉진시키는 사료를 개발하려고 했을까? 앨리스는 어째서 조끼를 차려입은 토끼를 따라 겁도 없이 수상한 토끼굴에 들어갔을까? 푸도 그렇고 토끼도 그렇고 왜 다들 바지는 안 입는 건가? 한국에서 가장 유명한 영화평론가 중 한 명인 듀나가 토끼에 집착하는 이유는 뭘까? 누가 로저 래빗을 모함했나?

76
스페인의 이비자 섬에는 두 명의 사기꾼이 산다. 엘미

르 드 호리는 위작을 전문으로 그리는 화가다. 마티스, 샤갈, 모딜리아니, 르누아르, 피카소 등 누구나 아는 거장들의 그림체를 자유자재로 모사하는 능력자다. 전문가들도 구분하기 힘든 그의 위작은 지금도 세계 각지의 미술관에서 전시되고 있다. 물론 거장의 이름표를 달고. 어쩌면 드 호리는 세계에서 가장 많은 작품을 미술관에 건 화가인지도 모른다. 그렇다면 그는 위대한 예술가일까? 그래 봤자 사기꾼일까? 그의 이름이 세상에 알려진 건 한 권의 책을 통해서였다. 젊은 소설가 클리포드 어빙은 사기와 위조에 대한 책을 구상하던 도중 드 호리의 존재를 알게 되고 그를 찾아 이비자에 간다. 드 호리와 친해진 어빙은 그의 삶을 다룬 일종의 평전 『사기Fake!』를 쓴다. 책은 그럭저럭 괜찮은 평가를 받는다. 그때 어빙에게 생각지도 못한 일이 벌어진다. 속세와 인연을 끊고 은둔한 괴짜 백만장자 하워드 휴즈가 은밀하게 어빙을 부른 것이다. 휴즈는 어빙에게 지금까지 공개된 적 없는 엄청난 양의 자료를 제공하며 자신의 자서전을 써줄 것을 부탁한다. 어빙은 기회를 놓치지 않는다. 1971년 어빙이 쓴 휴즈의 『자서전』은 출간되자마자 엄청난 화제를 모으며 미국 사회를 들끓게 한다. 스타 이즈 본. 그즈음 다큐멘터리 감독 프랑수아 라이헨바흐는 어빙의 『사기』에 영감을 받아 이비자로 날아간다. 라이헨바흐는 드 호리와 어빙을 만나 다큐멘터리를 만들기 시작한다. 그런데 촬영 도중 어처

구니없는 일이 벌어진다. 어빙이 쓴 휴즈의 『자서전』이 순전한 날조라는 사실이 밝혀진 것이다. 어빙은 휴즈를 본 적조차 없었다! 맥그로 힐 출판사에 소설을 투고했다가 퇴짜를 맞은 어빙은 홧김에 세기의 책을 쓰겠다고 큰소리치고는 출판사를 나선다. 우연히 잡지 표지에 실린 하워드 휴즈의 사진을 보게 된 어빙의 머릿속에 순간 번쩍! 기막힌 아이디어가 떠오른다. 휴즈의 (가짜) 자서전을 쓰자! 세기의 (사기) 책을 쓰자! 어차피 은둔한 휴즈가 자신을 고소할 일은 없을 거라는 계산이었다. 맥그로 힐 출판사와 계약한 어빙은 출판사 측에서 휴즈에게 전달하라고 준 계약금 70만 달러를 꿀꺽한다. 그리고 휴즈를 한 권의 책으로 재탄생시킨다. 순전히 제멋대로…… 따라서 엘미르 드 호리라는 위조 화가에 대한 다큐멘터리는 이제 위조 화가에 대한 진짜 평전을 쓴 다음 휴즈의 가짜 자서전을 쓴 위조 작가에 대한 다큐멘터리가 된다. 오손 웰즈는 이 모든 과정을 하나의 다큐멘터리로 만든다. 그러니까 엘미르 드 호리라는 위조 화가에 대한 다큐멘터리를 찍던 도중 의도치 않게 클리포드 어빙이라는 위조 작가에 대한 다큐멘터리를 찍게 된 프랑수아 라이헨바흐의 다큐멘터리에 대한 다큐멘터리…… 이미 충분히 복잡하지만 여기서 끝이 아니다. 영화는 총 세 부분으로 나뉘는데, 첫 번째 부분이 엘미르 드 호리의 이야기고 두 번째 부분이 클리포드 어빙에 대한 이야기라면 세 번째 부분은 피카소에 대한 이야기다. 갑자기? 물론 연결고리가 있다. 우리 안의 소리. 그건 바로 영화의 첫 부분에 나온 오야 코다르다. 놀랍게도 그녀가 어빙과 밀접한 관계라는 사실이 밝혀진 것이다. 잠시 후에 나오겠지만 그녀는 피카소와도 밀접한 관계가 있다. 어빙에 대한 입장을 밝혀달라는 기자에게 코다르는 이렇게 대꾸한다. 만약 전문가가 없다면 위조자가 있을까요?

77

한번은 피카소의 친구가 피카소 그림을 피카소에게 보여주었다. 내가 그린 게 아니야. 피카소가 말했고 그건 위작이 되었다. 같은 친구가 이번에는 다른 곳에서 피카소의 것으로 추정되는 다른 그림을 가져왔다. 피카소는 자신이 그린 게 아니라고 말했다. 친구는 다른 곳에서 또 다른 그림을 가져왔는데 피카소의 대답은 이번에도 같았다. 하지만 파블로. 친구가 말했다. 자네가 이걸 그리는 걸 내 두 눈으로 봤다고. 그러자 피카소가 말했다. 나도 가짜 피카소 그림을 그릴 수 있어. 다른 사람들처럼.

78

제가 자주 하는 비교입니다만 만일 피카소 같은 사람이 토끼 한 마리를 그린다고 합시다. 우디 앨런은 말한다. 아주 단순한 토끼 그림입니다. 그런데 교실의 아이들이 모두 따라서 똑같은 토끼를 그리는 겁니다. 그에게는 타고난 뭐가 있는 거죠. 특별한 정성을 기울이거나 또는 굉장한 아이디어를 내놓을 필요도 없어요. 하지만 그의 속에 흐르는 무엇, 그의 속에서 우러나는 어떤 감정이 종이 위에 표현된 것인데, 그게 너무 아름다운 거죠.* 두 가지 의문이 든다. 하나. 2020년에 우디 앨런을 인용해도 괜찮은 걸까? 둘. 토끼가 왜 거기서 나와?(←75번 풀리지 않는 의문 목록에 추가할 것)

79
어느 여름 오야는 프랑스 투쌍toussaint의 작은 마을에서 휴가를 보낸다. 차디찬 북유럽 출신의 남자친구 올라프도 함께였다. 오야가 휴가를 만끽하는 동안 클래식 재즈에 미친 올라프는 아침부터 저녁까지 트롬본을 연습한다. 하필이면 피카소가 휴가를 보내고 있는 별장 바로 앞 벤치에서. 피카소는 거의 미칠 지경이 된다. 피카소를 미치게 만드는 건 그뿐만이 아니다. 아침에 해변으로 가는 오야, 10시에 선탠로션을 가지러 돌아가는 오야, 다시 해변으로 가는 오야, 정오에 점심을 먹으러 다시 돌아오는 오야, 칵테일 타임의 오야, 디너타임의 오야, 애니타임의 오야, 월요일의 오야, 화요일의 오야, 수요일의 오야, 모든 요일의 오야…… 그 모든 오야

---

* 스티그 비에르크만, 『우디가 말하는 앨런』, 이남 옮김, 한나래, 1997, 25쪽

를 피카소는 별장 창문의 블라인드 틈으로 지켜본다. 늙은 변태처럼. 혹은 늙은 변태답게. 세상에 존재하는 모든 영화 책의 서문을 쓴 프랑소와 트뤼포는 앙드레 바쟁의 『오손 웰즈의 영화 미학』 서문에서 문제의 시퀀스를 이렇게 묘사한다. 영화의 마지막 부분에 피카소가 아름다운 오야 코다르가 거리를 산책하는 모습을 지켜보는 장면이 있다. 이 젊은 여인을 찍은 장면은 모두 사실적이며, 그녀의 움직임을 보여주고 있다. 때로는 회색빛 덧창의 수평 블라인드를 통해 그녀의 모습이 보이기도 한다. 이 아름다운 유고슬라비아 여인을 바라보고 있는 사람이 피카소인가? 그럴 수도 있고 아닐 수도 있다. 왜냐하면 그 사람은 실제 인물 피카소가 아니라 웰즈가 교묘하게 영상에 담은 피카소의 사진들이니 말이다. 이 사진들은 방심하지 않고 정신을 바짝 차린 채 카메라를 왼쪽, 오른쪽 혹은 정면으로 바라보고 있는 피카소의 초상화들이다. 때로는 덧창의 틈새가 그의 얼굴 바로 앞에 오게 촬영하여, 결과적으로 마치 그가 관음증 환자처럼 아름다운 오야를 훔쳐보고 있는 것 같은 효과를 내기도 한다. 이 장면은 편집이 신비화의 한 형태로 이용될 수 있다는 가능성을 여실히 보여준다—사실 그것이야말로 이 영화의 주제다.[**]

•• 앙드레 바쟁, 『오손 웰즈의 영화 미학』, 성미숙 옮김, 현대미학사, 1996, 40~41쪽

그가 유혹을 받았을까요? 웰즈가 묻는다. 아마 영감을 받았겠지요. 웰즈가 대답한다. 곧바로 웰즈가 영화 내내 구사하는 현란하고 과감한 편집이 이어진다. 기다란 파란 망사 옷을 입고 피카소의 창에서 보이는 산책로를 가볍게 달려가는 오야 / 어느 건물의 나무로 된 현관문 밑으로 삐져나온 파란 망사 옷자락 / 현관문이 살짝 열리고 누군가 안에서 당기는 듯 옷자락이 사라지면 쾅 하고 다시 닫히는 문 / 닫히는 블라인드 사이로 보이는 오야의 벗은 등 / 트롬본을 백팩에 매달고 긴팔 셔츠와 반바지 차림으로 '오슬로OSLO'라고 적은 종이를 들고 길가에 서서 히치하이킹을 하는 올라프의 모습 / 블라인드 다시 열리면 우스꽝스러운 표정으로 트롬본을 부는 피카소의 사진 / 닫히는 블라인드 틈으로 다시 보이는 오야의 벗은 등 / 다시 열린 블라인드 사이로 보이는 여성의 나체를 그린 피카소의 그림들 / 캔버스 앞에서 누드로 포즈를 취하고 있는 오야의 뒷모습(웰즈는 이 모든 신을 38초 만에 해치운다). 거기서 무슨 일이 있었는지는 모릅니다. 웰즈는 말한다. 하지만 피카소는 일을 빨리하는 작가였고, 이 만남의 결과는 지극히 수확이 많았을 거라는 거죠. 웰즈에 따르면 그 여름 동안 피카소는 모두 스물두 점의 그림을 그린다. 피카소는 빵 한 조각도 허투루 버리거나 새에게 주는 사람이 아니었다. 모델에게 그림을 주는 일도 없었다.

하지만 오야는 달랐다. 그녀는 햇빛에도 가격을 매기는 사람이었다. 오야는 피카소에게 자신을 그린 그림 스물두 점을 달라고 노골적으로 요구했고 결국 받아냈다. 오야는 자신의 전리품과 함께 마을을 떠났다. 오야는 그림을 팔아서 부자가 되었을까? 웰즈는 말한다. 기다리세요. 좀 더 있으니까요.

81

기다림이 없다면 모든 이야기는 이렇게 정리될 것이다. 주인공이 태어났다, 이런저런 일들을 했다, 그리고 죽었다. 웰즈는 죽었다. 피카소도 죽었다. 코다르는 멀쩡히 살아 있지만 언젠가 죽을 것이다. 나도 그렇고 당신도 마찬가지다…… 하지만 살아 있는 동안에는 살아 있어야 하고, 우리는 기다림을 피할 수 없다. 내가 쓰고 있고 당신이 읽고 있는 이 책에도 기다림은 필요하다. 똑과 딱 사이의 지속. 〈아비정전〉과 〈거짓의 F〉에 대한 부분을 쓰던 날이었다. 나는 멍청한 실수로 그날 쓴 작업분량을 모두 날려버렸다. 이것만 해도 충분히 치명적인데, 문제는 내가 날린 게 그것만이 아니라는 사실이었다. 보시다시피 이 책은 숫자가 매겨진 작은 조각들로 이루어져 있다. 각각의 조각들은 물론 중요하다. 하지만 그보다 더 중요한 것은 조각들 사이의 관계, 조각들의 전체적인 배치다. 그날 나는 새로운 조각을 쓰며 그때까지 쓴 조각들을 새롭게 배치했다. 늘

어놓고 다듬고 빼고 더했다. 그런데 그것을 모두 날려 버린 것이다! 머릿속이 하얘졌다. 나는 나도 모르게 고개를 숙였고, 다시 고개를 들었을 때는 몇 시간이 흘러 있었다. 스티븐 소더버그의 영화 〈섹스, 거짓말 그리고 비디오테이프〉(1989)의 유명한 운전 장면처럼(아니면 피터 그리너웨이의 〈요리사, 도둑, 그의 아내 그리고 그녀의 정부〉(1989)의 한 장면이었나? 나는 늘 두 영화를 헷갈린다. 심지어 둘 중 하나는 보지 않았는데도……). 정신을 차려보니 나는 책상 맨아래칸 서랍에 들어 있던 한 갑의 호프를 꺼내 손에 쥐고 만지작거리고 있었다. 상자를 연 판도라가 이런 기분이었을까? 내가 판도라의 이야기에서 항상 이상하게 생각했던 부분이 있다. 호기심을 이기지 못한 판도라가 상자를 열어버린 탓에 그 안에 있던 온갖 질병과 욕망과 죄악이 세상에 퍼져 나갔다고 했다. 하지만 희망은 빠져나오지 못하고 상자 속에 남아 엉망진창인 세상 속에서도 우리는 희망을 갖고 살 수 있다나 뭐라나. 그런데 그건 세상에 희망이 없다는 뜻 아닌가? 나쁜 것들이 상자 밖으로 나옴 → 세상에 존재하게 됨. 좋은 것이 상자 밖으로 나오지 못함 → 세상에 존재하지 않음. 만약 희망이 상자 안에 있는 것, 다시 말해 우리 마음속에 있는 게 중요하다면 애초에 상자 속에 나쁜 것들이 있음 → 우리 안에 희망과 더불어 나쁜 것들이 있다는 이야기가 된다. 그러니까 내 말은, 기왕 세상에 나쁜 것들을 풀어놓았으면 희망도 같이 풀어주어야 하는 게 아니냐는 거다. 호프를 지금이라도 뜯어야 하나? 눈 딱 감고 한 대만 피워? 그런 생각을 하며 괴로워하던 나는 어느 순간, 이것이 이 이야기의 가장 놀라운 부분인데, 생각을 멈추고 일을 하기로 했다. 다른 일. 그날이 마감이었지만 책 작업이 너무 잘되었던 탓에 미뤄둔 서평 원고를 쓰기로 한 것이다. 나는 세 시간 동안 책을 읽고 관련 자료를 찾아보고 서평을 썼다. 그리고 새벽 비를 맞으며 집으로 돌아갔다.

82

이 책의 한 버전을 날리고 쓴 『양준일MAYBE』 서평(전문): 왜 내가 양준일의 책에 서평을 쓰겠다고 했는지 모르겠다. 최고의 타이밍이자 최악의 타이밍이었다. 갓 돌을 넘긴 아기를 돌보느라 일할 시간이 부족한 데다 마감을 코앞에 둔 책을 붙잡고 씨름하고 있는 중이었다. 슈가맨 때문이었을까? 아마도. 다른 많은 사람들처럼 나 역시 19년 만에 돌아온 양준일이 노래하고 춤추는 모습에서 깊은 인상을 받았다. 여기서 그의 퍼포먼스가 내게 불러온 어떤 감흥을 늘어놓을 생각은 없다. 나는 앞으로의 계획을 묻는 질문에 계획을 세우지 않는다고, 앞으로 어떻게 될지 모르고, 그냥 순간순간 최선을 다해 살면 된다던 그의 말을 생각한다. 굳이 꿈이라고 한다면 겸손한 아빠, 겸손한 남편으로 살아가는 것이라던. 오십대의 한국 남성이 그런 말을 하는 자신에게 도취되지 않고 내뱉는 모습을 나는 처음 보았다. 그렇게 말하는 사람이 쓴 책을 보고 싶었다. 대체 어떤 경험이 지금의 그를 만들었을까? 막상 책을 읽을 시간은 좀처럼 나지 않았다. 마침내 책을 펼친 것은 실수로 하루 종일 작업한 글을 몽땅 날려버린 새벽이었다. 망연자실했고, 울고 싶었다. 고작 하루를 날렸는데도 그랬다. 어떤 해답을 구하며 책을 집은 건 아니었다. 붙잡을 무언가가 필요했을 뿐. 충격에서 벗어나지 못한 눈으로 책장을 넘기다 다음과 같은 구절에서 멈췄다. "인생에서 가장 중요한 것은 경험이라고들 하지만 경험 역시 내게는 쓰레기다." 나는 무의식적으로 19년을 잃어버린 사람의 경험에서 어떤 위안을 구했는지도 모른다. 하지만 그는 무엇도 잃어버린 사람이 아니었다. 그의 표현을 빌리면, 머릿속 쓰레기를 비우며 숨은 보석을 찾는 사람이다. 그러니까 지난 19년이 남들 눈에 성공으로 보이건 실패로 보이건 그에게는 중요한 게 아니었다. 책을 덮고 그가 나온 영상을 찾아보다가 시인 오은과 함께한 인터뷰를 보게 되었다. 거기서 그는 정리가 되지 않은 책, 읽어도 설명이 되지 않는 책을 내고 싶다고 말했다. 생각이란 것 자체가 딱딱 정리되는 것이 아니기 때문에. 그 말은 옳다. 내 생각에, 그는 이미 그런 책을 썼다. 그래서 나는 그가 부럽다. 내가 붙들고 있지만 아직 쓰지 못한 책이 바로 그런 책이라서다.

도시엔 안개가 자욱하다. 희미한 경계와 희뿌연 시야. 그 속에서 빨간 담뱃불이 반짝이기 시작하면 이내 담뱃불을 따라 웰즈가 모습을 드러낸다. 하얀 포말 아래에서 서서히 모습을 드러내는 향유고래처럼. 이 시기의 파리에는 언제나 짙은 안개가 낀다, 이것이 이야기의 중요한 부분이다, 라고 웰즈는 말한다. 매년 8월부터 시작되는 안개 때문에 파리는 곳곳이 마비되고 폐쇄되며 도시로서의 기능을 상당 부분 상실한다. 하지만 투쌍은 오늘도 맑음. 따사로운 아침 햇살을 온몸으로 만끽하며 신문을 펼친 피카소는 미치고 팔짝 뛰는 뉴스를 발견한다. 파리의 이름 모를 작은 화랑에서 피카소의 그림이 공개된다는 소식이었다. 그는 당장 비행기표를 구해 파리로 날아간다(혹은 피카소라는 이름의 태풍이 파리에 상륙한다). 파리는 여전히 짙은 안개에 휩싸인 채다. 공항에 내린 피카소는 또 다른 신문을 읽는다. 피카소가 다시 태어나다! 신문은 화랑에 공개된 작품의 참신함과 활력과 상상력을 극찬한다. 하지만 피카소의 기분은 더럽기만 하다. 오야는 한몫 잡았군. 그는 생각한다. 하지만 나는 땡전 한 푼 받지 못했어. 피카소는 당장 택시를 잡아타고 화랑으로 달려간다. 그가 문을 여는 순간 화랑의 손님들은 분노의 파란 불빛이 그의 머리 뒤를 후광처럼 비추는 것을 본다. 피카소는 날카로운 눈으로 화랑을 둘러본다. 순간 그의 눈빛이 흔들린다. 그는 바로 앞에 있는 그림으로 다가가 살펴본다. 그리고 옆의 그림으로. 다시 옆의 그림으로. 다시, 또다시…… 그는 천천히 스물두 점의 그림을 모두 둘러본다. 하지만 그중에 그가 알아볼 수 있는 그림은 하나도 없다. 화랑에 걸린 단 한 점의 캔버스도 피카소 본인이 그린 게 아니었다! 대체 무슨 일이지? 멍하니 서 있는 그에게 오야가 말한다. 할아버지가 곧 돌아가실 것 같아요. 갑자기? 웰즈의 설명에 따르면 아무에게도 말한 적 없지만 오야의 할아버지는 사실 위조 화가 중의 위조 화가, 위조 화가의 다빈치였다. 오야는 피카소의 손을 잡고 나와 함께 택시를 탄다. 그들은 오야의 할아버지가 입원해 있는 병실에 간다. 마침내 세계에서 가장 유명한 천재와 가장 알려지지 않은 천재의 만남이 이루어진다……

84

—피카소……

오야의 할아버지가 떨리는 목소리로 말한다.

—몇 년 동안 당신 밑에서 그림을 그렸죠. 위대한 피카소의 시대 동안에.

피카소가 대꾸한다.

—이 여자 말로는 당신이 죽어간다던데요.

—한 위조 화가는 죽어도 위조 화가 하나는 여전히 남아 있죠.

피카소가 화를 내며 오야와 할아버지 모두를 사기꾼이라고 비난하기 시작한다.

—세뇨르, 이 아이는 당신에게 선물을 줬소. 여름을 모두 당신에게 줬다고요.

—그게 피카소 스물두 점의 가치는 아니죠.

피카소는 화를 주체하지 못한다.

—이런 제길, 그림들은 대체 어딨소?

—파블로…… 파블로라고 불러도 되겠소?

할아버지가 묻지만 피카소는 대답하지 않는다.

—아니군요. 그럼, 세뇨르. 내 사위의 작은 화랑에 스물두 점의 그림이 있는데 하나하나가 걸작이라고 갈채를 받은 것이라오. 최소한 최고의 비평가들이 그런 말을 했지.

—최고의 비평가들의 의견이란 건 한 무더기의 말똥이나 마찬가지지. 아니면 한 무더기의 말똥 같은 효과를 가진 말이거나.

할아버지가 웃는다.

—거기에 대해서는 우리 둘의 의견이 완벽하게 일치하는군요. 씁쓸해할 필요는 없소. 세상에 당신 이름을 모르는 사람이 누가 있겠소? 또 그게 내 그림이란 걸 누가 알겠소?

—당신이 바로 다른 사람 이름을 너무 많이 써서 자기 이름을 잊어버린 사람이로군!

—세뇨르, 난 그렇게 아무것도 아닌…… 그런 사람이

아니오. 당신처럼, 나도 독보적이오. 메트로폴리탄에 있는 내 세잔을 봤을 거 아니오? 그게 단지 위작일 뿐인 거요, 친구? 그건 그림이 아니오?

피카소가 펄펄 뛰며 그의 오만함을 비난하자 참다못한 오야가 끼어든다.

—오만함이라고? 평생 자신의 그림에 사인을 하지 않았던 분이 오만하다고요?

—시카고와 런던에 있는 렘브란트의 걸작들. 신시내티에 있는 모든 고야 작품과 그레코의 작품 대부분. 디트로이트의 모네와 마네. 모두 내가 그린 것들이오. 그런데도 나 자신은…… 위대한 화가의 한 사람이 아니란 말이오? 아니라고? 아니야. 피카소, 당신은 지금 유령의 임종 앞에 서 있소. 난 평생을 유령으로 살았지. 그리고 언제나 화랑과 박물관들엔 내 작품들로 유령이 들게 될 거요. 내가 고백을 해야 한다고 생각하시오? 뭘 말이오? 걸작들을 저질렀다는 걸? 그럼 그들이 그림들을 벽에서 떼어내 찢어버리겠지. 내겐 뭐가 남겠소? 하지만 내겐 무언가가 필요하오. 죽기 전에야 그걸 깨달았지. 믿음. 나는 예술 그 자체가 바로 현실이라는 것을 믿어야 합니다. 만약 그렇지 않다면, 세뇨르……

그때 피카소가 할아버지의 연설을 끊고 그들에겐 아직 스물두 점의 캔버스의 운명을 결정할 일이 남아 있다는 사실을 상기시킨다.

하지만 할아버지에게도 아직 할 말이 남아 있었다.

—피카소, 당신은 너무도 쉽게 한 피카소 시대에서 다음 피카소 시대로 넘어갔소, 마치 배우처럼. 마치 자신을 위조하는 화가처럼. 당신을 그토록 동경하던 이에게 마지막으로 행복한 죽음을 선물해주지 않겠소? 내가 최소한 세상에 뭔가 새로운 걸 주려고 노력했고, 가까스로 성공했다는 사실을 알고 떠나도록 허락해주지 않겠냐는 말이오. 피카소의 새로운 한 시대 period를 만들었다는 사실을. 그렇게 해주겠소?

—내 그림을 내놔요. 스물두 점 전부 다요.

피카소가 말한다.

—그건 불가능하다오.

할아버지가 말한다.

—다 태워버렸거든. 굿바이 피카소.

85

피카소: "위대한 그림은 실현된다, 간신히." (나는 이 쉼표를 사랑한다.) 그리고 탁월성의 예리한 날을 유지하기는 갈수록 어려워진다.•

86

오야의 할아버지가 원한 것은 픽션이다. 삶을 견딜 만

• 데이비드 실즈, 앞의 책, 95쪽

한 것으로 만들어주는 픽션. 그리고 죽음을 견딜 만한 것으로 만들어줄 픽션.

87

영화가 대신할 수 있다. 브라이언 드 팔마의 〈언터처블〉(1987)은 내가 처음으로 극장에서 본 할리우드 영화다. 군산의 어느 허름한 동시상영관이었다. 겨울방학을 맞아 엄마와 함께 외할머니댁에 갔다가 엄마와 엄마 친구를 따라간 극장이었다. 할머니는 시골집 마당에서 토끼를 키웠고, 나와 사촌들은 할머니를 토끼 할머니라고 불렀다. 할머니가 직접 만들어준 앙고라 조끼가 바로 그 토끼들의 털로 만들어졌다는 사실은 나중에야 알았다. 그때 나는 아홉 살 아니면 열 살짜리 꼬마였다. 그곳에서 나는 내가 생각하는 픽션이라는 것에 대한 일종의 원체험, 기리쉬 샴부를 따라 말하면 소중히 간직되면서 신성시되고 생애를 걸쳐 고정될 어린 시절의 시네필적 경험을 한다. 물론 나는 시네필이 아니다. 세기말의 흔한 할리우드 키드라고 하면 몰라도…… 때는 금주령 시대. 로버트 드니로가 분한 알 카포네 일당이 공권력과 결탁해 밀주 유통을 장악하고 있었다. 재무성 수사반에서 근무하다 금주단속반 반장으로 취임한 케빈 코스트너는 경험 많은 경찰 숀 코너리와 경찰학교를 갓 졸업한 사격의 달인 앤디 가르시아, 회계사로 일하다 알카포네를 세금 횡령으로 고

소할 수 있다는 사실을 발견하고 얼떨결에 합류한 찰스 마틴 스미스와 함께 드림팀을 꾸리고 밀주와의 전쟁을 선포한다. 영화의 중반. 캐나다 국경 인근에서 밀주 거래가 이루어질 거라는 첩보를 입수한 코스트너와 친구들은 근처 오두막에 잠복하며 적당한 때를 기다린다. 그리고 다리 위에서 이루어지는 거래 현장을 급습한다. 총격전이 시작되고 우리 편이 나쁜 놈들을 제압하던 도중 갱 하나가 도망친다. 정의의 사도 케빈 코스트너(몇 년 후 그는 도둑들의 왕자 로빈후드가 된다)가 그의 뒤를 쫓는다. 그는 오두막에 숨은 갱에게 총을 버리고 투항하라고 사정하지만 갱은 말을 듣지 않는다. 어쩔 수 없이 총을 쏘는 코스트너. 샷건을 맞은 악당이 붕 날아 발코니에 떨어진다. 코스트너는 자신이 죽인 시체 앞에서 괴로워한다. 얼마 후 숀 코너리와 일행들이 중간보스 격인 갱을 생포해서 오두막으로 데려온다. 코스트너에게 경과를 보고하기 위해 발코니에 나간 코너리가 창문 아래 널브러져 있던 시체를 발견한다. "죽일 수밖에 없었어요." 변명하는 코스트너에게 코너리가 묻는다. "자네가 죽었으면 좋겠어?" "당연히 아니죠." "그럼 잘했네. 오늘 집에 돌아가면 발 닦고 푹 자게." 마음을 다잡은 코스트너가 코너리와 함께 오두막으로 돌아와 중간보스를 심문한다. 물론 악당은 좀처럼 입을 열지 않는다. 언제나 기다림은 필요한 법이라서다. 그때 회계사가 압수한 물품 속에서 비밀장부를 발견한다. 그 속에는 아마 조직을 일망타진할 수 있는 정보가 있을 것이다. 코너리는 장부를 해독하라며 중간보스를 다그치기 시작한다. "아무렴요, 해독해드려야죠…… 지옥에서!" 호기롭게 대구하는 갱의 아구창을 날리는 코너리를 다른 대원들이 뜯어말린다. "죽여서라도 정보를 구해야 해!" 분을 삭이지 못한 코너리가 발코니로 나간다. 그리고 코스트너가 죽인 갱의 시체를 붙잡고 소리친다. "일어서! 어서! 이 책을 해독해!" 오두막 안에 있는 사람들에게는 코너리와 시체의 모습이 보이지 않는다. 의아한 표정의 일동. 그 순간 창문 바깥으로 갱의 등짝이 보인다. 갱의 멱살을 잡고 얼굴에 권총을 들이밀며 소리치는 코너리의 모습도. 말하자면 지금 코너리는 시체를 붙들고 쇼를 하고 있다. "두 번 묻지는 않겠다, 셋을 셀 테니까 말해!" 영문을 모르는 일행들은 당황한다. 코스트너는 빼고. 그는 입을 벌린 채 선배의 열연(숀 코너리는 이 연기로 그해 아카데미 남우조연상을 수상한다)을 지켜본다. "하나!" 배경음악이 긴장감을 고조하는 가운데 실내의 사람들이 줌-인된다. "둘!" 시체의 얼굴에 대고 실감 나게 연기하는 코너리를 잠깐 보여준 카메라는 다시 실내로 돌아가 설마설마하는 얼굴로 창밖을 바라보고 있는 중간보스를 줌-인한다. 그리고 "셋!" **빵!** 총소리와 함께 두 번 죽은(초대 제임스 본드였던 숀 코너리가 마지막으로 주연한 〈007〉 시리즈의 제목은 〈두 번 산다〉(1967)였

다) 시체의 머리통에서 터져 나온 피가 유리창을 빨갛게 뒤덮으면 벌벌 떠는 중간보스의 창백한 얼굴이 클로즈-업된다. "죽이지 말아요! 말할게요, 뭐든지 말할게요!"

88

아직 내가 가장 좋아하는 장면은 나오지 않았다. 코너리가 권총을 든 채 오두막에 들어온다. 중간보스가 아는 정보 모르는 정보를 모두 술술 불기 시작한다. 눈빛을 교환하던 코너리와 코스트너가 함께 밖으로 나가려고 한다. 단속반을 지원하러 나온 군부대를 이끌던 대위가 그들을 막아선다. "당신 방법엔 동의할 수 없소!" 분노한 대위에게 코스트너가 능청스럽게 대꾸한다. "그래요? 시카고를 모르시는 말씀."

케빈 코스트너의 대사를 들을 때마다 나는 이렇게 바꿔 말하고 싶은 충동을 느낀다. "그래요? 할리우드를 모르시는 말씀."

89

지금 픽션이라는 주제가 제기된 김에 말하자면, 픽션은 문학이론에 있어 철학적으로 가장 복잡한 개념들 가운데 하나로, 그것을 정의하는 것은 실로 엄청나게 어렵습니다. 예를 들어, 픽션은 '사실이 아닌 것untruth'과 동일하지 않습니다. 사실이 아닌 이야기지만 픽션이 아닌 것들이 무수히 많고, 사실에 근거한 명제로만 이루어진 글쓰기도 여전히 픽션이라고 불릴 수 있습니다. 왜냐하면 픽션은 언어의 인식론적인 위상보다는 독자가 그 언어와 어떻게 관계를 맺는가와 더 상관이 있기 때문입니다. 픽션은 근본적으로 '믿어주기make believe'의 문제이며, 우리는 동화 이야기를 '믿어주기' 할 수 있는 것과 마찬가지로 사실에 근거한 텍스트를 '믿어주기' 할 수 있기 때문입니다. 허구적인 텍스트를 사실적인 목적으로 이용할 수 있는 것처럼, 사실에 근거한 텍스트를 허구적인 목적에 사용할 수도 있습니다.*

90
우리가 하는 일은 이야기를 리얼하게 만들기 위해 애쓰는 거죠. 웰즈는 말한다. 리얼하게. 하지만 리얼리티와는 아무 상관 없이. 리얼리티라고요? 그건 집에서 당신을 기다리는 물컵에 담긴 칫솔 같은 거죠. 버스표나 월급 그리고 무덤 같은 거요. 리얼리티와 아무 상관 없이 리얼한 이야기를 만든다는 게 대체 무슨 말일까? 피카소와 위조계의 다빈치 이야기가 바로 그것이다. 웰즈가 안개 속에서 특유의 과장된 연기로 흥미진진하게

*   테리 이글턴, 「'2010 석학과 함께하는 인문강좌 3기 해외석학강좌 제2강
문학의 내면' 강연자료집」, 25~26쪽

들려주던 이야기는 하나부터 열까지 몽땅 거짓말이었던 것이다! 혹은 그것은 오직 웰즈의 영화 속에서만 진실이다. 그러니 오야의 할아버지는 원하던 것을 얻은 셈이다. 오야의 할아버지는 이미 픽션이다.

91

웰즈는 안개가 중요하다고 말했다. 하지만 피카소를 둘러싼 이야기에서 안개는 아무 역할도 하지 않는 것처럼 보인다. 안개 때문에 피카소가 파리에 오지 못한 것도 아니고, 화랑으로 가던 도중 길을 잃는 것도 아니다. 안개 속의 추격전 비슷한 건 나오지도 않는다. 모든 이야기는 실내에서 진행되고, 안개 속에 있는 건 하얀 안개를 배경으로 우리에게 이야기를 들려주는 웰즈와 오야뿐이다. 피카소와 오야의 할아버지가 만들어내는 드라마가 진행되는 동안 우리는 뿌연 안개를 본다. 혹은 뿌연 안개 속에 있는 웰즈와 오야를 본다. 따라서 안개를 필요로 한 건 이야기의 내용이 아니다. 이야기가 말해지기 위한 배경으로, 나아가 이야기가 성립하기 위한 조건으로 안개가 필요했던 것이다. 영화가 상영되기 위해 극장의 하얀 스크린을 필요로 하는 것처럼. 피카소가 그림을 그리기 위해 하얀 캔버스를 필요로 했던 것처럼. 혹은 왕가위가 〈화양연화〉의 조각난 시간을 이어 붙여 하나의 영화로 성립시키기 위해 (시계와) 담배 연기를 필요로 했던 것처럼…… 엘미르 드 호리와 클리포드 어빙과 피카소의 이야기를 엮어 하나의 (가짜) 다큐멘터리로 만들기 위해 영화 내내 시가를 피우며 하얀 연기를 뿜어대던 웰즈는 급기야 하얀 안개로 도시 전체를 뒤덮어버렸다. 이제 모든 이야기는 끝나고 오야가 퇴장한다. 조명이 들어오고 웰즈의 얼굴을 가까이서 잡던 카메라가 뒤로 물러나면 스태프들이 웰즈의 뒤에서 뿌연 안개 같은 효과를 내던 반투명한 스크린을 치운다. 안개에 싸인 도시는 다시 세트장이 된다. 웰즈는 지체하지 않고 우리에게 전말을 밝힌다. 오야 코다르는 본명이다. 하지만 오야의 할아버지는 평생 그림을 그린 적이 없다. 올라프는 트롬본을 연주하지 않는다. 그는 정직한 마술사처럼 자신의 속임수를 고백한 다음 뿌연 안개 속으로 시가를 피우며 사라진다……

92

오해하면 안 된다. 웰즈에게 필요한 건 우리를 속이기 위한 가림막이 아니다. 그가 원하는 것은 우리가 잘 보지 못하는 게 아니라 똑똑하게 잘 보는 것이다. 무엇을? 웰즈 자신을. 눈을 크게 뜨고 조금의 속임수도 없는지 지켜보기를 원하는 것이다. 바로 그렇게 할 때에만 속임수가 먹힌다는 사실을 그는 안다. 혹은. 그때 속임수는 단순한 속임수가 아니라 하나의 픽션이 된다는 사실을 그는 안다. 마치 마술처럼. 내 딸은 이제

102

막 14개월을 지났는데, 밥을 먹을 때마다 엄마와 아빠에게 숟가락이 사라지는 마술을 보여준다. 아기는 우선 우리의 눈을 똑바로 바라본다. 그렇게 자신의 시선으로 우리의 시선을 붙잡아둔 다음, 손에 들고 있던 숟가락을 의자에 달린 식판 밑으로 감춘다. 가끔 숟가락을 든 손이 식판 밑으로 숨지 못하고 식판 가장자리에 걸리기도 한다. 그럴 때도 아기는 당황하지 않고 우리를 바라보는 시선을 거두지 않는다. 고개를 숙인다거나 곁눈질을 하며 손의 위치를 조정할 법도 하지만 시선을 돌리지 않은 채 서툰 몸짓으로 기어코 숟가락을 숨기는 것이다. 우리는 아기의 눈을 마주 보며 말한다. 어? 숟가락이 어디 갔지? 세상에, 숟가락이 사라졌어요! 그러면 아기는 웃음기 가득한 눈으로 한동안 우리를 바라보면서 적당한 타이밍을 기다리다가, 어느 순간 번쩍! 숟가락을 든 손을 하늘 높이 들어 올리고는 의기양양하게 웃는다. 어? 거기 있었네! 숟가락이 거기 있었구나! 삶을 견딜 만한 것으로 만들어주는 픽션.

93
하워드 휴즈의 일대기는 2004년 〈에비에이터〉라는 제목의 영화로 만들어졌다. 마틴 스코세이지가 감독하고 레오나르도 디카프리오가 하워드 휴즈 역을 맡았다. 클리포드 어빙의 이야기는 2006년 〈혹스: 욕망의 법칙〉이라는 제목의 영화로 만들어졌다. 라세 할스트롬

이 감독하고 리처드 기어가 클리포드 어빙 역을 맡았
다. 오손 웰즈와 그의 영화를 다룬 다큐멘터리도 몇 편
인가 만들어졌다. 들뢰즈가 맞았다. 언젠가 세상은 영
화가 될 것이다.

94

엘미르 드 호리는 〈거짓의 F〉가 개봉한 3년 뒤인 1976
년 세상을 떠났다. 향년 70세. 같은 나이에 영원한 안
식을 찾은 들뢰즈와 마찬가지로, 사인은 자살이었다.

Adieu au langage
언어와의 작별

일기에게,
내가 무척 좋아하는 많은 일들이 있어.
— 난니 모레티

95

제노 코시니를 기억하는지? 평생 담배를 끊느라(정확히 말하면 담배를 끊겠다고 결심하느라) 아무것도 못 한 사람. 그렇게 비어버린 인생의 시간을 채우느라 다시 담배를 피우던 사람. 제노의 담배는 담배이면서 동시에 담배를 넘어선 하나의 은유다. 왜 아니겠는가? 담배는 늘 무언가의 은유였다.

　아메리칸 인디언들에게 담배는 신이었다. 기독교인들에게 담배는 고약한 냄새가 나는 악마의 풀잎이었다.

　흡연은 우리 시대의 기도다.『오늘의 불』을 쓴 르클레르는 말한다. 담배는 시간의 거울이다. 네드 리발은 같은 제목의 책을 통해 담배를 찬양한다. 인생은 담배다. 마누엘 마차도는 노래한다.

인생은 담배다:
불똥, 재, 그리고 불—
누군가는 재빨리 피워버리고
누군가는 음미한다[*]

---

[*]　Manuel Machado, 〈안달루시아 찬가Chants Andalous〉 전문

96

참으로 진지한 철학적 문제는 오직 하나뿐이다. 카뮈는 『시지프 신화』를 잊을 수 없는 문장으로 시작한다. 그것은 바로 자살이다. 인생이 살 만한 가치가 있느냐 없느냐를 판단하는 것이야말로 철학의 근본문제에 답하는 것이다.

만약 담배가 인생이라면 우리는 카뮈를 흉내 내어 이렇게 말할 수도 있다. 참으로 진지한 철학적 문제는 오직 하나뿐이다. 그것은 바로 금연이다. 담배가 피울 만한 가치가 있느냐 없느냐를 판단하는 것이야말로……

97

마르크 랑어데이크는 성공한 사업가였다. 멋진 아내, 사랑스러운 두 명의 아이들과 함께 사우나가 딸린 고급 주택에 살며 비싼 차를 모는 그의 인생은 남부러울 것 없어 보였다. 하지만 그는 2016년 안락사를 선택한다. 지난 10년 동안 그의 몸과 마음을 파먹어온 알코올중독과의 고통스러운 싸움을 끝내기 위해서였다. 그의 나이 41세. 마르크는 죽기 직전 부모와 함께 웃는 표정으로 사진을 찍는다. 마르크의 형 마르셀이 "담배 한 대 더 피울래?"라고 묻자 마르크는 "아니, 이제 죽으러 갈래"라고 대답한다.* 그리고 그렇게 했다.

마르셀은 모든 일이 끝난 후 마르크의 고통스러

운 삶과 마지막 선택, 남겨진 가족들의 이야기를 담은 『동생이 안락사를 택했습니다』를 썼다. 책은 유럽 여러 나라에서 사회적 논쟁을 불러일으켰다. 마르셀은 네덜란드에서 유명 연예인의 평전을 비롯한 여러 권의 책을 발표하며 저널리스트 겸 작가로 활발하게 활동하고 있다. 그중 한 권의 제목은 『시가와 시가를 만드는 사람들Cigaragua: over sigaren en de mensen die ze maken』이다.

98

영화감독들을 그들의 국적과 별자리와 그들이 남긴 명언으로 소개하는 『위대한 영화감독들의 기상천외한 인생 이야기』를 쓴 로버트 쉬네이큰버그에 따르면 프랑스에서 궁수자리의 기운을 받고 태어나 "영화를 만들기 위해 필요한 것은 여자와 총이 전부다"라는 말을 남긴 장 뤽 고다르는 잔인하고 비열한 악당이었다. 고다르는 자신을 제치고 어떤 책의 각색권을 차지한 로만 폴란스키의 아내 샤론 테이트가 희대의 살인마 찰스 맨슨의 추종자들에 의해 잔인하게 살해되었다는 소식을 듣고 쾌재를 불렀다. "세상에…… 거 봐…… 나한테서 각색권을 빼앗아가더니만……" 그는 또 1971년

• 〈중앙일보〉'"담배 피울래?" "아니 이제 죽으러 갈래." 동생은 그렇게 떠났다', 2020.02.06.(https://news.joins.com/article/23699631)

아폴로 13호의 달 착륙 임무가 실패하자 우주비행사들이 모두 우주에서 죽었으면 좋겠다고 말하기도 했다. 자신의 출세작인 〈네 멋대로 해라〉의 각본가이자 누벨바그를 함께 이끈 동료 겸 라이벌이며 프랑스에서 물병자리의 기운을 받고 태어나 "영화를 사랑하는 사람들은 병적인 사람들이다"라는 말을 남긴 프랑수아 트뤼포가 뇌종양으로 죽어간다는 소식을 들은 고다르는 이렇게 말했다.

"그렇게 나쁜 책을 많이 읽으니 안 그래!"*

99

누벨바그의 동료들처럼 트뤼포 역시 감독 이전에 비평가였다. 사람들은 그를 프랑스 영화를 파헤치는 저승사자라고 불렀다. 착한 비평가는 착한 살인자나 마찬가지다. 일단 형용모순이며 설령 착한 비평가나 착한 살인자가 실존한다고 해도 달라질 건 없다. 비평가는 비평가고 살인자는 살인자니까…… 트뤼포는 감독으로 성공한 후에도 글쓰기를 멈추지 않았다. 세상에 존재하는 모든 영화책의 서문에는 두 종류가 있다. 하나는 트뤼포가 쓴 서문이고 다른 하나는 트뤼포가 다시 쓴 서문이다.**『히치콕과의 대화』는 후자다. 개정판을 위해 쓴 두 번째 서문에서 트뤼포는 초판 출간 당시를 회고한다. 그는 히치콕이 부당한 대접을 받는다고 생각했고 히치콕에 대한 편견을 깨고 싶었다. 트뤼포는 자신의 책이 목적을 이루었다고 자평한다. 그는 이어서 쓴다. 그런데 이 책이 출판됐을 당시 찰스 토머스 새뮤얼스라는 미국인 영화학 교수가 "이 책은 최악의 당신 영화보다도 미국 내에서 당신의 평판을 더 손상시킬 것"이라고 예언한 바 있다. 그러나 이 말이 틀렸다는 사실이 드러났다. **그는 다른 이유 때문이지만 한두 해 뒤에 자살했다.** 사실 1968년 이후 미국의 비평가들은 히치콕의 작품을 좀 더 심각하게 취급하기 시작했다……**•••**

100

폴란스키가 더러운 아동 성범죄자라는 소식을 듣고 장뤽 고다르가 뭐라고 말했을지 궁금하다. 더러운 아동 성범죄자가 수십 년 동안 도피 생활을 하면서 계속해서 영화를 만들고 수많은 동료 영화인들의 지지를 받으며 근작 〈장교와 스파이An Officer and a Spy〉(2019)로 세자르영화제에서 감독상과 각색상을 받았다는 소

• 로버트 쉬네이큰버그, 『위대한 영화감독들의 기상천외한 인생 이야기』, 정미우 옮김, 시그마북스, 2010, 238쪽

•• 이것은 이상우가 다른 곳에서 쓴 문형을 훔친 것이다. 문장이 아니라 문장의 형태를. 나는 지금까지 적지 않은 문장들을 훔쳤지만, 특별히 여기에 이런 주석을 다는 것은 내가 이상우의 이름을 이 책 속에 쓰고 싶었기 때문이다.

••• 프랑수아 트뤼포, 『히치콕과의 대화』, 곽한주·이채훈 옮김, 한나래, 1994, 12쪽, 강조는 인용자

식에 대해서는 또 뭐라고 말할지도. 고다르는 모르겠지만 찰스 맨슨은 이렇게 말했다고 한다. 어차피 성범죄자니까 죽여도 좋지 않냐고(맨슨은 2017년 83세의 나이로 감옥에서 자연사했다). 살해당한 것은 폴란스키가 아니라 테이트였는데도 말이다. 사건 당시 로만 폴란스키는 브루스 리가 아내를 죽였을지도 모른다고 의심했다. 쿠엔틴 타란티노는 테이트의 죽음을 둘러싼 이야기를 브래드 피트와 레오나르도 디카프리오를 데리고 〈원스 어폰 어 타임... 인 할리우드〉(2019)라는 영화로 만들었다. 마고 로비가 샤론 테이트로 출연한다. 나는 아직 그 영화를 보지 않았다. 내가 영화와 멀어진 이후에 개봉했고, 그 영화에 대해서라면 나는 할 말이 없다. 다만 뭐라고 하면 좋을까…… 가끔은 지겹다는 생각이 든다. 그러니까 이 모든 것이 말이다.

101

난니 모레티의 〈나의 즐거운 일기〉(1993)는 펼쳐진 일기장에서 시작한다. 모레티는 텅 빈 페이지에 이렇게 쓴다. 일기에게, 내가 무척 좋아하는 많은 일들이 있어…… 사람들이 모두 휴가를 떠나고 텅 빈 여름의 로마를 스쿠터를 타고 돌아다니던 모레티는 〈헨리, 연쇄살인자의 초상〉(1986)을 보러 극장에 간다. 영화가 시작하자마자 괴로워하는 모레티는 지금 나만 부끄러운 거야?라는 표정으로 주위를 둘러보지만 드문드문한 관객의 얼굴은 어둠 속에서 잘 보이지 않는다. 허탈한 걸음으로 극장을 빠져나온 모레티가 벤치에 주저앉으면 이어지는 내레이션: 잠시 생각해봤다. 신문에서 이 영화를 호평한 기사가 있었는데 헨리를 긍정적으로 본 것이었다. 갑자기 생각이 났고, 그 평을 찾아서 일기에 베껴 썼다. "헨리는 살인을 하지만 신사적인 편이고 말보다는 행동으로 나간다. 반면에 그 친구인 오티스는 지저분하다. 헨리는 희생자와의 일체감 속에 고결한 피의 집행자로서 자비로운 죽음을 선사하지만 오티스는 아니다. 감독은 관객들을 극한의 악몽으로 몰고 간다. 눈이 뚫리고 살을 난도질하는 대유혈극이다. 아마도 헨리는 할리우드의 롬브로시안적 범죄철학을 비웃는 최초의 인물일 것이다." 카페의 야외 테이블에 앉아 영화평을 옮겨 쓰던 모레티가 펜을 내려놓고 생각에 잠긴다. 대체 누가 이런 걸 쓴 거지? 이러고도 잠자리에서 낯이 화끈거리지 않나? 이윽고 모든 비평가들의 악몽이 시작된다. 한 남자가 침대에 누워 흐느끼고 있다. 옆에는 모레티가 신문을 들고 앉아 남자를 다그치는 중이다. 언제부터 이렇게 된 거요? 언제부터? 남자가 울먹이며 말한다. 몰라요, 몰라. 모레티가 신문을 들고 읽기 시작한다. 여기서부터겠지. "이 한국영화는 멜로드라마적인 의상에 특히 모자들이 꼴불견이고 초페미니스트적이고 격렬하며 흉포하다 여행 장면에서는 스필버그를 흉내 내어 미래파적인 공간과 리듬을 연출한다……"

이건 크로넨버그의 〈네이키드 런치〉. "고예산의 순수 언더그라운드 작품이며……" 제발 그만 해요! 남자가 애원하며 신문을 빼앗으려 하지만 모레티는 아랑곳하지 않고 계속해서 읽는다. "진정한 컬트무비로서 조나단 드미의 최상의 여주인공들만 못하고 임표나 제3세계의 하위 프롤레타리아들과 흡사하지만 그래도 이 여성상은 분명히 상상의 외과수술병동에서의 투쟁성을 담보하며 계승하고 있다…… 룰라와 세일러가 결국 〈러브 미 텐더〉를 흥얼대며 행복하게 포옹하기 이전에 세일러는 감방에 갇힌 채 파리들의 머리를 으깨고 떠돌이 개를 잡아 사지를 절단하고 쿨이나 메리츠나 말보로를 피워대며 으스댈 것이다……"

102

지난 10년 동안 프리랜서 서평가로 일하며 나 역시 같은 악몽에 시달렸다. 나는 오래전부터 지옥은 택시를 기다리는 사람들로 가득한 광화문의 겨울 새벽 같은 모습일 거라고 생각해왔다, 라고 『아무튼, 택시』에 썼다. 정정한다. 지옥은 내가 쓴 글을 끊임없이 읽어대는 코러스들로 가득한 곳이다. 아니면 택시를 기다리는 사람들로 가득한 광화문의 겨울 새벽 같은 모습인데 그 사람들이 모두 내가 쓴 글을 염불처럼 외고 있거나…… 생각하면 이상한 일이다. 남의 글에 대해 이러쿵저러쿵 말하는 일을 직업으로 삼은 사람이 자신의 글에 대한 평가(긍정적인 것과 부정적인 평 모두, 특히 부정적인 평)를 견디지 못 한다는 사실이. 다시 생각하면 이상한 일도 아니다. 어지간한 자의식이 아니고서야 글을 쓰겠다는 생각은 하지 않는 법이다. 그런데 비평을 쓰겠다고? 이런 말이 생각난다. 눈이 크면 눈물이 많고 큰 코는 다친다(이럴 때 쓰는 말이 아닌가). 커다란 자의식도 마찬가지다. 자의식의 크기와 멘탈의 세기는 대개 반비례한다.

하지만 서평은 아니다. 에세이도 아니고 책도 아니다. 강연문이나 트윗이나 댓글도 아니다. 지금까지 내가 쓴 모든 글을 통틀어 나를 가장 괴롭히는 것은 따로 있다. 그건 바로 〈나랏말싸미〉(2019)의 각본이다. 그래, 세종대왕이 신미라는 중과 함께 한글을 만든다는 내용의 영화다, 그래, 세종대왕이 아니라 신미가 한글을 만들었다는 야사 축에도 끼지 못하는 낭설을 들고나와 세종대왕의 업적을 깎아내렸다고 욕먹는 영화가 맞다, 그래, 그게 바로 내가 처음이자 마지막으로 시나리오 작업에 참가한 상업영화다, 그래, 영화의 상영을 금지해달라는 청와대 국민청원이 올라왔고 송강호와 박해일과 전미선(하늘에서 부디 평안하시기를)이 봉준호의 〈살인의 추억〉(2003) 이후 처음으로 함께 뭉쳤음에도 불구하고 관객이 100만 명도 들지 않아 본전도 못 건진 그 영화 이야기를 하는 거다, 그래, 그래…… 바로 그 영화 때문에 나는 한동안 밤마다 이불

을 머리끝까지 뒤집어쓰고 잠을 청해야 했다. 혹시라
도 누군가 창문을 깨고 들어와 침대에 누운 내 귀에 대
고 〈나랏말싸미〉의 대본을 리딩할까 봐 무서워서였다.
아내는 내게 진지하게 개명을 권했다.

103
모든 작가가 담배를 피우는 건 아니지만 많은 작가가
담배를 피우는 데는 이유가 있다. 이독제독. 독으로 독
을 다스리기. 현실로 현실을 수선하기. 데이비드 린치
처럼 내면의 독을 영화에 몽땅 쏟아부은 다음 한결 개
운해진 마음으로 명상을 하며 이너피스를 즐길 수도 있
다. 린치는 이렇게 말한다. 나는 지난 33년간 단 한 번
도 명상을 중단한 적이 없다. 아침에 한 번, 오후에 한
번 매번 20분 정도 명상을 한다. 그러고 나서 하루 일을
시작한다. 우리는 잡다한 일로 너무 많은 시간을 허비
한다. 거기에 명상 하나를 더해서 습관화한다면 명상도
아주 자연스럽게 우리 삶의 일부가 될 것이다.* 그래놓
고 많은 사람들의 악몽의 재료가 된 『트윈픽스』나 『멀
홀랜드 드라이브』 같은 걸 만들었단 말이지……

104
마르크스는 영국으로 건너간 초창기 지독하게 가난하

---

* 메이슨 커리, 『리추얼』, 강주헌 옮김, 책읽는수요일, 2014, 148쪽

던 시절에도 끝없이 담배를 피워대며 작업에 몰두했다. 흡연은 그의 건강에 지워지지 않는 악영향을 미쳤고, 마르크스는 걸핏하면 종기와 간질환에 시달리며 그때마다 그에게 쥐꼬리만 한 생활비를 벌어주는 글쓰기를 중단할 수밖에 없었다. "나는 욥처럼 괴롭힘을 받지만 하느님이 두렵지는 않다." 1885년 마르크스는 말했다. 담배는 마르크스에게 더 이상 단순한 사치품이 아니라 필수 불가결한 진통제였다. 오랜 시간을 일하며 일하지 않는 삶이 정말로 편안하다고는 생각하지 않는다고 말한 프로이트 역시 시가에서 위안을 얻었다. 프로이트는 이십대 중반부터 삶을 마감하기 직전까지 하루에 스무 개비의 시가를 피우며 의사들이 아무리 섬뜩한 경고를 해도 듣지 않았다. 열일곱 살이 된 조카가 담배 피우는 걸 거부하자 프로이트는 조카에게 이렇게 말했다. **"네가 담배를 피우지 않겠다고 너무 성급하게 결정해서 무척 아쉽구나."** 구강암으로 고생하던 말년의 프로이트는 음식도 제대로 삼키지 못했다. 결국 구강암이 그를 죽였다. 아니면 담배가. 퍼트리샤 하이스미스는 담배와 재떨이와 성냥, 커피 한 잔, 도넛 하나와 설탕이 담긴 접시를 침대 옆에 두고 앉아 있기를 좋아했다. 마음 상태를 작업하기에 맞게 다듬기 위해서였다. 그의 자세는 거의 태아와도 같았고, 자신의 말마따나 모든 것의 목적은 "나 자신의 자궁"을 만들어내는 것이었다. 코코 샤넬은 아홉 시간 동안 서서 물한 잔 마시지 않고 화장실도 가지 않으며 디자인을 하는 것으로 유명했다. 그러는 동안 손에서 담배를 놓지 않았다. 일주일에 6일 동안 일했고 일요일과 공휴일을 두려워했던 샤넬은 한 친구에게 이렇게 말하기도 했다. "'휴가'라는 말만 들어도 식은땀이 나." 전기 작가 아니 코엔 솔랄에 따르면, "사르트르는 24시간 동안 푸짐한 음식 이외에 두 보루의 담배, 검은 담배를 채운 서너 대의 파이프 담배, 1리터가 넘는 술(포도주, 맥주, 보드카, 위스키, 등), 200밀리그램의 암페타민, 15그램의 아스피린, 3~4그램의 바르비투르산염, 커피와 차를 배 속으로 넘겼다."• 오아시스는 언젠가 이렇게 노래했다. 뭐라도 일어나길 바라며 따스한 햇볕 속에서 보낼 장밋빛 미래를 기다릴 수도 있다, 그러느니 술 마시고 담배 피우고 마약이라도 하는 게 낫다.••

105
이 책을 읽는 사람들 중에 마약을 해본 사람이 얼마나 있을지 모르겠다(알고 싶지 않음). 하지만 마약 사범을 잡아본 사람은 아마 없을 것이다(100만 부쯤 팔리면 또

• 메이슨 커리의 『리추얼』과 『예술하는 습관』(이미정 옮김, 걷는나무, 2020)에서 수집한 사례를 재가공했다. 어떤 문장은 그대로 썼고 어떤 문장은 바꿨다.
•• OASIS, 〈담배와 술Cigarettes&Alcohol〉(1994)의 가사 내용 일부를 풀어 씀.

모르겠지만). 그렇다, 나는 마약 사범을 잡았고, 심지어 놓쳤다가 다시 잡았다. 부산 금정구 금정경찰서로 발령받기 전 나는 금정경찰서 산하의 경부초소에서 군복무를 했다. 부산 톨게이트 바로 앞 길가에 있는 초소는 오래된 벽돌 가정집을 개조한 곳이었다. 주변에는 컨테이너 박스로 된 고순대(고속도로순찰대) 초소와 119 초소가 있었고 나머지는 허허벌판이었다. 그곳에서 나는 통행료를 내고 나오는 차량을 세우고(하이패스가 없던 시절이다) 검문검색하여 지명수배자나 벌금미납자, 무면허 운전자 등을 잡는 일을 했다. 남자는 노란색 티뷰론을 타고 있었다. 그때 벌써 감이 왔다. 이십대 후반으로 보이는 남자는 검은색 망사로 된 나시티를 입고 있었고 조수석에는 내 또래의 여자가 앉아 있었다. 그러고 보니 살면서 검은색 망사로 된 나시티를 입은 사람을 실제로 본 것도 그때가 처음이었다. 그때까지 박진영을 실제로 본 적이 없었기 때문이다(그 후로도 없음). 내가 면허증을 제시해달라고 하자 남자는 면허증이 없다고 했다. 다른 신분증도 없었다. 좋다, 그럴 수 있다. 그럴 땐 이름과 주민번호를 불러달라고 하면 된다. 남자가 피식 웃었다. 그걸로 어쩔 건데? 하는 표정이었다. 남자는 순순히 이름과 주민번호를 불렀고, 나는 고물 무전기로 단말기 앞에 앉아 있는 고참에게 개인정보를 전달했다. 이윽고 답이 왔다. 해당 주민번호로 검색한 결과 면허는 있고 전과는 없다는 소식이었다. 하지만 아직 끝이 아니다. 그런 경우 우리는 지문을 확인했다. 알다시피 인간의 지문은 모두 다르다. 하지만 거기에는 일정한 패턴이 존재한다. 소용돌이처럼 동그란 모양이라거나 윗부분을 향해 뚫린 곡선 모양이라거나 반대이거나 이런저런 이유로 지문이 손상되었다거나 하는 식으로. 각각의 패턴에는 0부터 9까지의 숫자가 매겨져 있고, 주민등록증을 만들 때 우리가 날인한 지문은 모두 숫자로 바뀌어 국가에 저장된다. 빅 브라더는 그저 소설 속 이야기가 아니다! 그래서 무전으로 5-6-7-8-9 1-4-5-0-2 같은 식으로 지문 번호를 불러주면 실제 손가락의 지문과 대조할 수 있는 것이다. 남자의 지문은 등록된 지문 번호와 일치하지 않았다. 차 문을 붙잡고 남자에게 잠시 내려 동행해달라고 요청했다. 이때 엑셀을 밟아 도망가는 사람들이 있기 때문에 늘 조심해야 한다. 내가 있을 때에도 몇 번인가 그런 경우가 있었다.* 내가 제대한 후인 2005년 12월에는 검문을 피해 도망가는 그랜저의 창문을 붙잡고 있던 정기수 상병이 3미터가량 끌려가다

---

* 나는 한 번도 그런 일을 당하지 않았다. 대신 근무복을 갈아입다가 허리띠를 떨어트리는 바람에 차고 있던 가스총이 바닥에 떨어지며 두 동강 나는 일이 있었다. 소장과 상의한 끝에 본서에 제출하는 사유서에 나는 '검문에 불응하고 도주하는 차량을 잡기 위해 달려가던 도중 허리띠가 끊어지는 바람에 도로에 떨어진 가스총이 그만 파손되고 말았다'고 썼다. 징계는 없었다. 그만큼 드물지 않은 일이었다. 그리고 한번 관심사병은 영원한 관심사병이었다……

도로에 떨어지며 뇌진탕으로 목숨을 잃는 안타까운 사
건이 벌어지기도 했다(부디 하늘에서 평안하시길). 그때
남자가 뭐라고 말했는지는 기억이 나지 않는다. 어쨌
든 남자는 내렸고 여자도 따라 내렸다. 내가 그들을 초
소로 인도하는 사이 중앙선에 있던 고참이 와서 티뷰
론을 갓길로 뺐다. 소장이 남자를 심문했다. 〈언터처
블〉의 오두막 심문 장면하고는 전혀 다르지만 허름한
실내에서 이루어졌다는 부분은 비슷하다. 처음에는 지
문이 잘못 등록된 거 아니냐며 발뺌하던 남자는 결국
자기 형의 이름과 주민등록번호였다고 고백하며 실제
이름과 주민등록번호를 불었다. 맞다, 그는 지명수배
된 마약사범이었다. 우리는 모두 깜짝 놀랐다. 살인 강
도 강간 등과 함께 마약사범은 A등급으로 분류됐고, A
등급을 잡으면 2박 3일간의 포상휴가가 주어졌던 것이
다. 야호! 아무도 티는 내지 않았지만 우리는 들뜬 마
음으로 경찰서까지 데려갈 순찰차를 부르고 간단한 조
서를 작성했다. 여자에게는 이분은 체포되었으니 나가
달라고 말해야 했다. 여자는 눈물을 터뜨렸다. 남자가
여자를 껴안고는 격정적인 말들을 속삭였다. 대충 울
지마 미미(비슷한 이름이었다)야, 오빠 곧 나간다, 차는
니가 끌고 가라, 미안하다⋯⋯ 뭐 그런 내용이었다. 여
자가 나가고 남은 이들은 계속 순찰차를 기다리는데
남자가 담배를 피우고 싶다고 했다. 소장은 현관 앞에
서 피우라고 하며 나보고 따라 나가라고 했다. 수갑 같

은 건 없었다. 있었나? 모르겠다. 어차피 도망갈 곳도 없었다. 남자는 현관 앞에 쪼그리고 앉더니 담배를 꺼내 불을 붙였다. 빨간색 던힐이었다. 나도 군대에 입대하기 전까지 던힐을 피웠다. 나는 멍하니 남자를 바라보며 이기우처럼 생각했던 것 같다. 던힐 피워야 하는데…… 그때였다. 내 시선을 의식했는지 나를 올려다보던 남자가 내게 담뱃갑을 내밀었다. 물론 나는 근무 중이었다. 초소에서 최고 졸병이기도 했다. 남자와 같이 담배를 피울 수는 없었다는 말이다. 그런데 왜 나는 손을 내밀어서 담뱃갑을 받으려고 했던 걸까? 글쎄, 매너가 너무 몸에 배어 있었던 모양이지…… 아무튼 나는 손을 내밀었고 그 순간 남자는 내 얼굴에 담뱃갑을 던지고는 도로를 향해 뛰어가기 시작했다. 나는 반사적으로 팔을 뻗어 남자의 옷을 붙잡았지만 망사는 너무 쉽게 찢어졌다. 좆됐다, 그렇게 생각했던 기억이 난다. 나는 곧바로 남자를 쫓아가기 시작했다. 남자의 뒤로 중앙선 입초대에 서 있던 고참이 달려오는 모습이 보였다. 그런데 저 남자는 여기가 어딘지 알고 뛰는 건가? 짧은 순간 동안 나는 그런 생각도 했다. 다시 말하지만 도로와 들판뿐이었다. 하지만 남자의 뒤를 쫓아 갓길을 달려가던 나는 어느 순간 알게 된다. 저 멀리 비상등을 켜고 정차해 있는 노란색 티뷰론이 보인 것이다. 심지어 조수석 문은 열린 채였다. 소름. 도대체 언제 이런 계획을 세운 건지? 잡힐 때를 대비해서 평소에 미리미리 연습해두는 건가? 민방위훈련처럼? 그런 생각을 하면서도 내 발은 죽을힘을 다해 달리고 있었고, 남자가 티뷰론에 다가갔을 때 그와 나의 거리는 손 뻗으면 닿을 거리보다 10센티쯤 먼 정도였다. 결국 남자는 차에 타는 걸 포기하고 열린 조수석 문을 피해 달려가면서 뒤따라오는 나를 향해 문을 밀었다. 정말 영화처럼. 뭐 하고 있어 이 새끼야! 내가 조수석 문을 손으로 막으며 주춤하는 사이 티뷰론 반대편에서 고참이 나를 앞지르며 소리쳤다. 나는 고참의 뒤통수를 보며 남자를 쫓아 다시 달리기 시작했다. 얼마나 달렸을까? 남자의 걸음이 눈에 띄게 느려졌다. 아마 마약 때문이겠지. 아니면 담배 때문이거나…… 사람이 궁지에 몰리면 초인적인 힘을 낸다는 말은 맞다. 남자는 모르겠지만 나는 그랬다. 어느새 고참을 추월해 달리고 있던 나는 다시금 남자를 코앞에 두고 있었다. 그때 뒤를 돌아본 남자가 갑자기 갓길 옆에 있는 펜스를 붙잡고는 훌쩍 뛰어넘었다. 펜스 옆은 들판이었는데, 도로와 높이 차이가 대략 3미터쯤 됐다. 악! 뛰어내린 남자가 발목을 붙잡고 뒹굴었다. 나는 펜스 앞에 서서 가쁜 숨을 몰아쉬며 그런 남자의 모습을 내려다보았다. 이게 대체 뭐지? 그런 생각을 했던 것 같다. 어쨌든 완전히 좆된 건 아닌 것 같다, 그런 생각도 했다. 들판으로 뛰어내려 남자를 당장 체포해야겠다는 생각은 하지 않았는데, 어린 시절부터 내게는 고소공포증이 있었기 때문이다. 뒤늦게 달려온 고참이 머뭇거리는 기색도 없이 펜스를 뛰어넘었다. 고참은 남자의 손을 뒤로 꺾어 무릎으로 누르더니 허리에 차고 있던 가스총을 꺼내 등에 대고 겨누며 소리쳤다. 꼼짝 마! 움직이면 쏜다![*] 모든 일이 순식간에 벌어졌다. 나는 마치 영화 속에 있는 기분이었다. 『폴리스 아카데미』(1984)나 『스타스키와 허치』(2004), 『스탠바이 캅The Other Guys』(2010) 이나 『나이스 가이즈』(2016) 같은. 차이가 있다면 우리는 경찰이 아니라는 사실이었다. 다시 말하지만 우리는 전경이었다. 나는 이경, 고참은 상경……

이것이 영화의 도시 부산에서 내가 겪은 일이다.

106

『담배와 영화』라는 제목의 책을 이만큼이나 써놓고 이런 말을 해도 되는지 모르겠지만, 솔직히 나는 담배에 거창한 의미를 부여하는 것을 좋아하지 않는다. 담배

---

[*] 얼마 후, 내가 외박을 나간 사이 초소에서는 지명수배 중이던 강도를 검거했다. 새벽이었다. 화장실에 가겠다던 강도는 감시하던 고참을 뿌리치고 도망치기 시작했다. 이번에는 고속도로 쪽이 아니라 초소 뒤편의 야산 쪽이었다. 다른 대원들을 소리쳐 부르며 고참은 강도를 쫓았다. 강도는 산을 오르며 점점 가까워지는 추적대를 향해 짱돌이나 모래 같은 걸 던졌다고 한다. 고참은 이번에도 가스총을 뽑아 들고 똑같이 소리쳤다. 꼼짝 마! 움직이면 쏜다! 하지만 강도는 말을 듣지 않았고, 결국 고참은 발포했다. 케빈 코스트너처럼. 하지만 강도는 죽지 않고(당연하지) 대신 뒤따라오던 대원들이 가스를 뒤집어썼다. 산바람이 불어와 가스가 앞으로 나가지 못하고 고스란히 되돌아왔던 것이다.

에 붙는 온갖 감상적인 더께도 싫기는 마찬가지다.

은유니 상징이니 하는 것들이 늘 나를 불편하게 하는 이유가 뭘까(나 역시 거기에서 벗어날 순 없지만). 담배는 담배다. 그리고 그것은 당신을 죽인다. 담뱃갑에도 분명히 적혀 있다. 때때로 책이나 영화가 아무런 경고도 없이 우리를 죽이는 것과는 다르다.

누군가 내게 담배가 무엇인지 묻는다면 나는 어색한 웃음으로 대답을 얼버무릴 것이다. 다시 한 번 묻는다면 말끝을 흐리며 잘 알아듣지 못하게 중얼거릴 거고. 포기하지 않고 다시 묻는다면 그때 비로소 내 지저분한 신발 코를 바라보고 기어들어가는 목소리로 대답할 것이다. 문장…… (네? 뭐라고요? 제발 알아듣게 좀 말해요!) 담배는 문장이라고요……

하나의 문장은 언제나 다음 문장을 부른다. 담배 역시 언제나 다음 담배를 부른다. 로만 야콥슨의 분류에 따르면, 그때 담배는 은유가 아닌 환유가 된다.

107
내가 외우고 있는 첫 문장들의 목록:

· 나를 이스마일이라고 하자. (허먼 멜빌, 『모비 딕』)
· 나는 고양이다. (나쓰메 소세끼, 『나는 고양이로소이다』)
· 오랫동안 나는 일찍 잠자리에 들어왔다. (프루스

트, 『잃어버린 시간을 찾아서』)
- 최고의 시절이었고, 최악의 시절이었다. (찰스 디킨스, 『두 도시 이야기』)
- 지금보다 어리고 민감하던 시절 아버지가 충고를 한마디 했는데 나는 줄곧 그 말을 곱씹어왔다. (스콧 피츠제럴드, 『위대한 개츠비』)
- 사람들은 아버지를 난장이라고 불렀다. (조세희, 『난장이가 쏘아올린 작은 공』)
- 오늘 엄마가 죽었다. (알베르 카뮈, 『이방인』)
- 모든 행복한 가정은 엇비슷하지만, 불행한 가정은 저마다의 이유로 불행하다. (톨스토이, 『안나 카레니나』)
- 오전 9시의 담배는 절망감의 표현이다. (수키 김, 『통역사』) ← NEW!˙

108
야콥슨은 은유와 환유를 각각 유사성에 따른 선택과

˙ NEW에는 두 가지 의미가 있다. 하나는 이 책을 쓰기 위해 담배와 관련된 문장을 찾던 도중 수키 김의 작품을 새롭게 외우게 되었다는 것이고, 다른 하나는 남성 작가들의 문장밖에 없던 반쪽짜리 목록에 늦게나마 여성 작가의 작품이 오르게 되었다는 것이다. 이 책에 실린 대다수의 작품은 남성들이 만든 것이다. 내가 여태까지 보고 읽어온 대다수의 작품이 남성들의 것이기 때문이다. 그것은 이 책의 한계(한계가 그것만은 아니지만)인 동시에 나의 한계(이하동문)다. 앞으로 영화에 대한 책을 다시 쓰게 된다면 이것과는 다른 레퍼런스들을 가진 책이 될 것이다. 쓴다면 말이지만……

인접성의 원리에 따른 결합으로 구분한다. 담배는 인생이다. 이것은 은유다. 이때 은유는 담배=인생으로 만들지만, 사실 인생의 자리에는 우리가 살펴본 것처럼 기도, 신, 시간의 거울, 악마의 풀잎 같은 다른 단어들이 얼마든지 들어갈 수 있다. 인생은 담배와 유사성을 가진 수많은 단어들 중에서 저 문장을 위해 특별히 선택된 것이다. 반면 환유는 하나의 단어가 자연스럽게 다른 단어를 연상시키는 것, 즉 하나의 단어가 인접한 다른 단어를 부르는 것을 의미한다. 포크는 나이프를 부르고 나이프는 다시 돈가스를 부른다. 담배는 불을 부르고 불은 다시 책을 부른다. 그건 나의 사고 속에서 책과 불이 가까운 거리에 있기 때문이다. 다시 말해, 내가 책을 태워버리고 싶기 때문이다.

109

"말해봐요. 왜 책을 태우죠?" 트뤼포의 〈화씨 451〉(1966)에서 책을 태우는 직업을 가진 몬태규에게 린다가 묻는다. "그게 직업이니까요. 다른 사람들처럼요." 몬태규는 자랑스럽게 말한다. "다양한 일을 하는 좋은 직업이에요. 월요일엔 밀러를 태우고, 화요일엔 톨스토이, 수요일엔 월트 휘트먼, 금요일엔 포크너, 주말에는 쇼펜하우어와 사르트르를 태워요. 책을 재가 되게 태운 다음 재도 태운다. 그게 우리 모토예요." 도무지 이해할 수 없다는 표정으로 린다가 되묻는다. "책을 싫

어하세요?" 몬태규는 대꾸한다. "책들은 너무…… 헛소리만 써 있어요. 재미도 하나도 없고."

110
내가 생각하기에 상징주의의 문제들은 선명성과 날카로움을 다소 상실하고 있다. 특히 야콥슨이 지시한 언어학의 커다란 길들, 즉 은유와 환유 사이에서 현재로선 영화가 환유적인 길, 혹은 이런 표현이 좋다면 통합체적syntagmatique 길을 선택한 것 같기 때문이다. 통합체는 기호들의 펼쳐지고 배열되고 현실화된 단편, 한마디로 이야기의 조각인 것이다. "아무것도 일어나지 않고 있다"의 문학(이것의 원형은 『감정교육』이다)과는 반대로 영화는, 그것도 처음에 대중 영화로 자처하지 않은 영화까지도 이야기·일화·논거(여기에는 **서스펜스**라는 중요한 결과가 수반된다)가 결코 없지 않은 그런 담론이다. 일화적인 것의 과장되고 풍자적인 범주인 '기상천외한 것'조차도 매우 훌륭한 영화와 양립할 수 있다. 영화에서는 '무언가가 일어나며', 이런 사실은 당연히 내가 조금 전에 말했던 환유적·통합체적 길과 밀접한 관계를 지니고 있다. '좋은 이야기'는 사실 구조적 표현을 쓰면 일련의 성공한 통합체적 배치dispatchings이다. 어떤 특정 상황(어떤 특정기호)이 있을 때 그다음은 어떤 것이 올 수 있는가? 상당수의 가능성이 있지만, 이 가능성들은 수가 유한하다(구조적 분석을 성립시키는 것은 가능성들의 이런 유한성, 이런 한계이다). 그리고 바로 이 점에서 감독이 다음 '기호'를 선별하는 그 선택은 의미 작용적이다. 사실 의미는 하나의 자유이지만, (가능성들의 마감에 의해) 감시받는 자유이다. 각각의 기호(이야기, 영화의 매 '순간')에 이어지는 것은 어떤 다른 기호들, 어떤 다른 순간들일 뿐이다. 담론에서, 통합체에서 (가능성들의 때로는 매우 제한된 유한한 수에 따라) 하나의 기호를 다른 하나의 기호를 통해 연장시키는 데 있는 이와 같은 작용이 촉매작용catalyse이라는 것이다. 예컨대 말에서 우리는 chien(개)이라는 기호를 적은 수의 다른 기호들을 통해 불러일으킬 수 있다(짖다, 먹다, 물어뜯다, 달리다 등은 되지만, 꿰매다, 날다, 비로 쓸다 등은 안 된다). 이야기, 다시 말해 영화의 통합체 역시 촉매작용의 법칙들을 따른다. 감독은 이 법칙들을 아마 경험적으로 실천할 테지만 비평가나 분석가는 그것들을 되찾으려고 시도해야만 할 것이다. 왜냐하면 당연한 것이지만, 각각의 배치, 각각의 촉매작용은 작품의 궁극적 의미에서 일정 부분 책임이 있기 때문이다.[*]

* 롤랑 바르트, '영화에 대하여—미셸 들라에 및 자크 리베트와의 대담', 『목소리의 결정』, 김웅권 옮김, 동문선, 2006, 31~32쪽, 통합체를 계열체라고 잘못 번역한 부분이 있어 수정함.

111

2020년 2월 9일의 일기

도시가 조금 기울었다. 무슨 이유에서였는지는 기억이 안 나는데 가벼운 일은 아니었으나 사람들은 호들갑 떨지 않았다. 마음 한구석 불안한 마음을 떨칠 수는 없었다. 작업실에서 한참 일하다 베란다에 나가보니 벽에 금이 가고 있었다. 낡아서 실금이 가 있던 콘크리트가 기울다 보니 뒤틀림을 이기지 못해 그러는 것 같았다. 음 좋지 않은데. 나는 생각했지만 뭘 어떻게 해야 할지는 알지 못했다. 그러다 갑자기 금이 점점 더 벌어지면서 틈이 생겼고 급기야 우지끈 소리와 함께 갈라지는가 싶더니 건물이 무너지기 시작했다. 나는 건물이 완전히 무너지는 짧은 순간 동안 베란다 난간 끝을 잡고 매달려 있다가 아래층으로 들어갔다(건물이 완전히 무너졌는데 어떻게 아래층은 멀쩡했을까? 꿈에선 그럴듯한 이유가 있었던 것 같은데 기억나지 않는다). 아랫집 여자가 뭐라 뭐라 잔소리를 했고 나는 대충 웃어넘겼다. 그러니까 조심하라고 했잖아요 뭐 그런 얘기였던 것 같다. 나는 무너진 작업실 건물을 나와 집으로 향했다. 아니면 다른 어딘가로. 나와서 보니 작업실 건물 전체가 무너진 게 맞았고 다른 건물들도 대부분 무너져 있었다. 얼굴은 웃고 있었지만 기분은 좋지 않았다. 그렇다고 엄청 나쁜 것도 아니었다. 다만 이게 뭐지? 이제 앞으로 어떻게 해야 하지? 그런 생각을 했던 것 같다. 책 생각도 했다. 작업실 안에 있던 책들. 처음에는 시원섭섭했으나 시간이 흐를수록 아깝게 느껴졌다. 미리미리 몇 권이라도 좀 옮겨놓을 걸 그랬나? 하지만 어디로? 책이 없으면 이제 일은 어떻게 하지? 방금까지 작업 중이던 원고는 또 어떡하고? 인터넷도 안 되는데 일은 무슨 일이야? 잔해를 뒤져서 꺼낼 수 있는 건 좀 꺼내볼까? 세상이 다 무너졌는데 그게 무슨 소용이야? 혼자 그런 생각들을 하는 동안 무너짐은 전 세계로 확장되었고, 그러니까 무너진 게 이곳만이 아니라는 사실을 내가 뒤늦게 인식하게 되었고, 그러자 흡사 포스트 아포칼립스물 같은 풍경이 내 머릿속에서 펼쳐졌다. 하지만 우리 집은 멀쩡했다. 책장도 그대로고 책도 그대로다. 내 머릿속에서는 그랬다. 나는 그것을 떠올리며 모든 것이 복구될 때까지 책이나 읽으며 시간을 보내면 되겠다고 생각했다. 그러자 다시 한 번 작업실에 있던 책들이 아깝게 느껴졌다……

112
야콥슨은 은유와 환유라는 언어학의 커다란 길들을 제시했다. 또한 그는 언어에 여섯 가지 기능이 있다고 주장하기도 했다. 의사소통에 필요한 요소들을 발신자, 수신자, 메시지, 맥락, 접촉, 코드의 여섯 가지로 정리한 야콥슨은 이 중 어느 요소가 강조되느냐에 따라 언어의 기능이 분화된다고 설명한다.

—발신자에 초점을 맞춘 감정적 기능
—수신자에 초점을 맞춘 행동 촉구적 기능
—맥락에 초점을 맞춘 지시적 기능
—메시지에 초점을 맞춘 시적 기능
—접촉에 초점을 맞춘 교감적 기능
—코드에 초점을 맞춘 메타언어적 기능*

각각의 관점에서 내가 옮긴 어느 날의 꿈을 바라볼 수 있다.

—감정적 기능: 일기를 쓴 사람이 쫓기고 있는 것 같다, 마감의 압박이 참 심하구나……
—행동 촉구적 기능: 이 인간이 맨날 노는 것 같더니 나름 마음고생했구나, 이 원고를 처음으로 받아 들게 될 편집자가 이렇게 생각하고 마감에 늦은 걸 너그럽게 용서하도록 한다.
—지시적 기능: 현실 논리와 꿈의 논리는 다르다는 사실과 더불어 서평가는 꿈에서도 책을 생각한다는 사실TMI을 보여준다. 심지어 서평을 쓰지 않는 서평가조차도……
—시적 기능: 일기라고는 해도 인터넷에 쓰는 글

---

* 안드레아스 뵌 외, 『매체의 역사 읽기』, 이상훈·황승환 옮김, 문학과지성사, 2020, 24~28쪽 참고

처럼 음습체로 날려 쓰지 않고 나름 정련된 문
장을 쓰려고 의식적으로건 무의식적으로건 노
력했다는 게 느껴지지 않나?[**]

—교감적 기능: 내밀한 꿈을 털어놓음으로써 쓰는
사람과 읽는 사람 사이에 어떤 종류의 유대감이
형성된다(그러길 바란다).

도대체 이게 이 책의 내용이랑 무슨 상관이냐고
묻는 사람도 있을 것이다(←메타언어적 기능). 나도 그
렇게 생각했다. 사라진 언어의 7번째 기능이 있다는 사
실을 알기 전까지는.

113

1980년 2월 25일. 롤랑 바르트는 건널목을 건너다 교
통사고를 당한다. 작은 세탁소 트럭이 그를 덮친 것이
다. 대통령 선거를 앞두고 미테랑 당시 사회당 후보와
함께 점심 만찬을 나누고 집으로 돌아가는 길이었다.
그는 병원으로 실려 가지만 한 달 후 세상을 떠난다.
허망한 죽음이었다. 로랑 비네는 생드니 대학에서 불
어를 가르치는 범죄소설가다. 그는 『언어의 7번째 기

[**] 물론 전혀 눈치채지 못하고 정반대로 이 사람은 글을 정말 편하게
쓰는구나, 손가락에서 나오는 대로 쓰는구나, 생각할 수도 있다. 그런
경우에도 읽는 이가 시적 기능에 주목하고 있다는 사실은 변하지 않는다.

능—누가 롤랑 바르트를 죽였나?』라는 소설을 통해 바르트의 죽음 뒤에 사라진 언어의 7번째 기능을 둘러 싼 음모가 있다는 의혹을 제기한다. 비네에 따르면, 야콥슨은 자신의 책에서 언어의 여섯 가지 기능들을 열거하던 도중 언어의 7번째 기능의 존재를 넌지시 암시한다. 마법적 혹은 주술적인 기능. 그것은 그 자리에 있지 않은, 혹은 살아 있지 않은 제3의 인물을 능동적 메시지를 전할 대상으로 전환하는 것이다. 대체 무슨 소린지…… 언어의 7번째 기능을 알게 되고 마음대로 구사할 수 있는 사람은 세계의 주인이 될 수 있다, 라고 움베르토 에코는 말한다. 비네의 소설 속에서. 프랑스 대통령 지스카르는 언어의 7번째 기능이 원자폭탄보다 중대한 문제라고 단언한다, 역시 비네의 소설 속에서…… 가히 댄 브라운의 『다빈치 코드』를 잇는 대작의 향기가 느껴지는 이야기가 아닐 수 없다.

114
비네가 야콥슨의 책에서 직접 찾은 7번째 기능을 암시하는 예문:

　　"다래끼가 말라버리기를. 추추추." (리투아니아의 마법 주문)
　　"물, 강의 여왕, 오로라여! 내 슬픔을 푸른 바다 너머, 바다 깊은 곳으로 가져가 묻어버려라! 슬픔의 신

을 섬기는 자의 가벼운 심장을 절대로 무겁게 하지 못할지어다!" (러시아 북쪽 지방의 주문)

"해야, 기브온 위에 머물러라. 달아, 아얄론 골짜기 위에 멈추어라. 그러자 해가 그대로 머물렀고 달이 멈추었다." (여호수아 10장 12절)*

(하하. 훌륭한 예로군요, 비네는 덧붙인다.)

115

내가 볼 때 『언어의 7번째 기능』은 범죄 소설이라기보다는 코미디 소설이다. 아니면 그냥 우스운 소설이거나…… 나는 소설의 플롯이나 문장보다는 비네가 실존 인물들을 다루는 방식에 흥미를 느낀다. 소설엔 프랑스 지성계를 주름잡았던 수많은 인물들이 실명으로 등장하는데, 사우나에서 젊은 남창(男娼)의 서비스를 받는가 하면 대학가 술집에서 록 가수 믹 재거의 포스터를 보며 자위를 하는 푸코, "사악한 듀오, 정치 커플"이자 살인자로 그려지는 크리스테바와 솔레르스, "난 남자고 당신을 범하고 있어!"라며 바야르를 덮치는 '호전적 레즈비언' 주디스 버틀러, 베르나르앙리 레비에 대한 경멸적 묘사, 그리고 실제로는 2004년에 숨졌

---

* 로랑 비네, 『언어의 7번째 기능』, 이선화 옮김, 영림카디널, 2018, 178~179쪽 참고

는데 소설에서는 1980년 코넬 대학 근처 묘지에서 개에 물려 죽는 데리다 등의 경우를 보면 '소설에서 표현의 자유는 어디까지 허용되는가' 하는 의문이 절로 떠오른다.* 하지만 내 관심은 표현의 자유 같은 게 아니다. 사실과 허구가 뿌연 담배 연기 속에 뒤섞이고 실존 인물들과 허구의 인물들이 나란히 담배를 피우며 그 아래를 걸어가는 것. 그건 언제나 나를 미치게 만든다. 소설의 주인공인 수사관 바야르가 바르트의 병실 앞에서 필리프 솔레르스와 쥘리아 크리스테바와 베르나르-앙리 레비를 취조하는 장면에서 쏟아지는 현란한 '네임드로핑'과 천연덕스럽게 오가는 전기적 거짓말(혹은 허구적 사실)들 그리고 그 모든 것을 감싸는 뿌연 파이프 담배 연기를 보다 보면 비네가 이 책에 인용되기 위해 이 소설을 쓴 게 아닌가 하는 생각까지 든다(물론 아님).

116

바르트에게 적이 있나요? 많지요. 솔레르스의 대답이다. 그가 우리 친구라는 걸 모두가 다 알거든요. 그리고 우리에게 적이 많으니까요. 당신들의 적이 누군데

• 「한겨레신문」, '쥘리아 크레스테바가 롤랑 바르트를 죽였다?!',
2018.03.01. (http://www.hani.co.kr/arti/culture/book/834297.html#csidx3a0
9ba90b1f08d8b782ce13fced2538)

요? 스탈린주의자들. 파시스트. 알랭 바디우, 질 들뢰즈, 피에르 부르디외. 코르넬리우스 카스토리아디스. 피에르 비달-나케, 그리고…… 엘렌 시수. (베르나르-앙리 레비: 아, 맞아요. 엘렌 시수랑 쥘리아 크리스테바는 사이가 틀어졌죠? 솔레르스: 그래……. 아니, 아니지……. 엘렌 시수가 쥘리아를 질투한 거지. 마르그리트 때문에…….)

마르그리트 뭐라고요? 뒤라스요. 바야르는 마르그리트 뒤라스라는 이름을 적었다. 주아요 씨는 미셸 푸코라는 사람을 아십니까? 솔레르스는 이슬람 수도승처럼 빙글빙글 돌기 시작했다. 빠르게 점점 빠르게. 그래도 파이프는 여전히 입술 사이에 잘 물고 있었다. 파이프의 불붙은 끄트머리는 빨갛게 피어오르며 병원 복도에 우아한 오렌지색 커브를 그렸다. "진실을 원하시나요? 형사님? 온전한 진실을요? 사실…… 미셸 푸코는 바르트의 명성을 질투했어요. 특히 저, 솔레르스가 바르트를 사랑한 것을 질투했죠……. 왜냐하면 푸코는 독재자 중에서도 최악의 독재자거든요……. 생각해보세요. 공공질서의 대변자님. 푸코가 제게 최후통첩을 했답니다……. "바르트와 나, 둘 중에 하나를 선택해." 몽테뉴와 라보에티, 라신과 셰익스피어, 위고와 발자크, 괴테와 실러, 마르크스와 엥겔스, 메르크스와 풀리도, 모택동과 레닌, 브르통과 아라공, 로럴과 하디, 사르트르와 카뮈(으, 아니에요. 이 사람들은 뺍시다), 드골과 틱시에 비냥쿠르……. 계획 경제와 시장 경제,

로카르와 미테랑, 지스카르와 시라크……" 솔레르스는 회전 속도를 늦추며, 파이프 담배를 문 채로 기침을 했다. "파스칼과 데카르트, 콜록콜록…… 트레조와 플라티니, 르노와 푸조, 마자랭과 리슐리외…… 후읍." 꺼진 듯했던 파이프 담배가 되살아났다. "센강의 좌안과 우안, 파리와 베이징, 베네치아와 로마, 무솔리니와 히틀러, 소시지와 퓌레……"•

117
넷플릭스에 공개된 데이비드 린치의 17분짜리 단편 〈잭은 무슨 짓을 했는가?〉(2020)는 형사가 살인 사건의 용의자를 취조하는 이야기다. 형사로 데이비드 린치가 직접 출연하고 용의자 잭은 원숭이다. 오래된 필름처럼 지글거리는 흑백화면. 어두운 취조실을 밝히는 알전구와 커다란 이중거울. 여자와 총과 시체가 있는 고전적인 설정. 그리고 상투적인 관용구들로 이루어진 대사를 통해 린치는 지난 세기의 필름누아르를 패러디한다. 아니면 그냥 린치가 린치하거나…… 영화의 한 장면. 내가 진실을 말해볼까요?라고 말하며 원숭이 잭을 추궁하던 린치가 담배에 불을 붙인다.

• 로랑 비네, 앞의 책, 88~89쪽
•• 닭의 이름.

린치　　　나한테 경찰 조서가 있어요.

원숭이 잭　상관없어요.

　　　　　투토타본**의 눈에서 다 봤거든요.

린치　　　그럼 인정하는군요. 그날 밤 그 여자를
　　　　　봤죠?

원숭이 잭　창문을 통해서 봤어요.

　　　　　그놈이 계산할 때 몸을 내밀더군요.

　　　　　맥스가 있었어요.

린치　　　그때 맥스를 쐈군요.

원숭이 잭　증명해봐요.

린치　　　샐리가 증인이에요.

원숭이 잭　누가 오랑우탄 말을 믿겠어요?

린치　　　배심원은 믿을지 모르죠.

원숭이 잭　그 말 받고 판돈을 올리죠.

린치　　　난 뻥카 안 쳐요.

원숭이 잭　네, 담배도 안 피우죠.

린치　　　손바닥도 마주쳐야 소리가 나요.

원숭이 잭　이제 손뼉도 쳐야 해요?

　　　　　파티 끝났어요, 카우보이.

　　　　　다들 집에 갔다고요.

118

언어의 7번째 기능이 원자폭탄보다 중대하다던 프랑
스 대통령 지스카르의 말에서 내가 떠올리는 것:

139

①『제노의 의식』의 결말. 자서전을 적어 내려가던 제노는 제1차 세계대전에 휘말리게 되고, 자기-분석에서 문명-비판으로 일종의 비약을 감행한다. 현실의 삶은 뿌리부터 타락해 있고 건강해지려는 노력은 모두 허무하며 인간의 기술은 결국 인간을 고통스럽게 만들 것이라고 말하는 제노. 소설은 다음과 같은 제노의 음울한 비전을 보여주며 끝난다.

"어쩌면 우리는 유례가 없는 도구들의 재앙을 통해 건강으로 돌아오게 될 것이다. 독가스가 사라지게 되면 여느 사람들과 똑같은 한 인간이 이 세상의 어느 방에서 현재 있는 폭탄들은 장난감으로 여겨질 만큼 가공할 만한 폭발물을 몰래 만들 것이다. 그리고 또 여느 사람들 같지만 조금 더 병든 사람들 중 누군가는 그 폭발물을 훔쳐서 효과가 가장 극대화될 수 있는 지점에 설치하기 위해 지구 한가운데로 오를 것이다. 아무도 듣지 못하는 거대한 폭발이 일어날 것이고, 먼지구름으로 돌아간 지구는 빌붙어 사는 기생충도 질병도 없이 유유히 천국을 떠돌 것이다."*

②오손 웰즈는 20년이 넘도록 〈돈키호테〉를 만들었지만 결국 완성하지는 못했다. 트뤼포는『오손 웰즈의 영화미학』서문에서 문제의 영화에 대해 이렇게 말한다.

"웰즈 자신이 세계 여러 곳을 다니며 16mm로 혹

은 35mm로(혹은 두 가지를 번갈아 사용하여) 직접 촬영했다. 영화를 완성하지 못하는 이유에 대해 웰즈는 다음과 같이 설명한다. 영화의 마지막 장면은 수소폭탄이 폭발하여 돈키호테와 산초 판자만이 살아남고 모두가 파멸하는 것인데, 이 장면을 찍지 못했기 때문이라는 것이다. 웰즈 자신 외에는 누구도 이 영화를 볼 기대를 하지 않는다는 말들을 하고 있다. 게다가 이 영화에 대해 너무 많은 질문을 받아 지쳐버린 웰즈는 제목을 〈돈키호테는 언제 완성되는가?When Are You Going to Finish Don Quixote?〉로 바꾸기로 했다."**

③이 책의 부제 '혹은: 나는 어떻게 흡연을 멈추고 영화를 증오하게 되었나'는 물론 스탠리 큐브릭의 〈닥터 스트레인지러브 혹은: 나는 어떻게 근심을 멈추고 폭탄을 사랑하게 되었나〉(1964)에서 가져온 것이다. 영화는 수십 개의 핵폭탄이 연달아 터지는 장면으로 끝이 난다. 희망을 약속하는 베라 린의 노래 〈우리는 다시 만날 거예요We will meet again〉가 흐르는 가운데, 큐브릭은 우리에게 각기 다른 핵폭탄들이 터지며 만들어내는 다양한 형태의 버섯구름들을 1분 17초 동안 보여준다.

• 이탈로 스베보, 『제노의 의식』, 한리나 옮김, 문학과지성사, 2017, 557쪽
•• 앙드레 바쟁, 앞의 책, 42쪽

우리는 다시 만날 거예요

어디에서 만날지는 몰라도

언제 만날지는 몰라도

하지만 난 알아요 어느 햇살 가득한 날에 우리가 다시

만날 거라는 걸

119

왜 그들은 폭탄과 지구 멸망에 집착하는가? 간단하다.
제노와 웰즈와 큐브릭이 모두 흡연자라서다. 그들은 스
스로의 목숨을 조금씩 깎아먹는 행위에서 쾌감을 느끼
는 사람들이다. 건강을 챙기는 사람들을 비웃으며 할
수만 있다면 최후의 날까지 담배를 마음껏 피운 다음
모두 함께 멸망하기를 택할 사람들이다. 어차피 모든
인간의 인생은 담배 연기와 같이 하루하루 사라지는 것
이다(적어도 흡연자들의 인생은 그렇다). 수소폭탄이 만드
는 버섯구름과 먼지구름은 실상 거대한 담배 연기에 지
나지 않는다. 그러니 사람들은 흡연자들이 핵폭탄을 터
트리는 대신 담배나 피우고 있다는 사실에 감사해야 한
다…… 애연가라면 누구나 나이가 들어감에 따라 자신
의 육체가 보내는 신호를 인식한다. 리처드 클라인은
말한다. 사실상 모든 흡연가들은 담배에 불을 붙이는
순간, 그리고 눈만 뜨면 날마다 피워대는 첫 담배의 연
기를 빨아들이는 순간, 담배에 독이 있다는 것을 직감
적으로 안다. 그러나 이처럼 담배의 독성을 안다는 것

은 흡연가들이 담배를 끊거나 처음 담배를 배우는 사람들의 의지를 꺾을 만한 충분한 이유가 되지는 않는다. 오히려 담배가 몸에 나쁘다는 것을 아는 것이 흡연 습관을 들이고 지속시키는 절대적인 전제조건이 되는 것 같다. 만약에 예를 들어—이것이 가능하다고 전제를 해놓고 말하자면—담배가 건강에 정말로 좋다고 한다면, 담배를 피울 사람은 거의 없을 것이라고 주장할 수도 있다. 왜냐하면 담배가 건강에 유익하다면 담배는 더 이상 숭고하지 않게 되기 때문이다.•

120
영화가 대신할 수 있다. 다시 〈화씨 451〉의 한 장면.

> **린다**　그렇게 위험한데 왜 어떤 사람들은 지금도 책을 읽을까요?
>
> **몬태규**　금지된 일이니까요.
>
> **린다**　왜 금지됐죠?
>
> **몬태규**　사람들을 불행하게 만드니까요.
>
> **린다**　정말 그렇게 믿어요?
>
> **몬태규**　그럼요, 책은 사람들을 방해해요. 반사회적으로 만들죠.

• 리처드 클라인, 『담배는 숭고하다』, 허창수 옮김, 페이퍼로드, 2015, 18쪽

121

바르트는 1978년 12월 콜레주 드 프랑스 강의를 단테의 『신곡』을 인용하며 시작한다. '우리 삶의 노정 중간에서(올바른 길을 잃어버린 나는 어두운 숲속을 헤매고 있었다).' 그는 이 구절을 죽음을 필연적이고 현실적인 것으로 발견하는 순간으로, 따라서 어두운 숲으로 상징되는 인생의 후반으로의 여행, 이동, 입문으로 해석한다. 그에게도 그런 순간이 찾아온다. 1978년 4월 15일. 답답한 오후. 어머니의 죽음 이후 반복되는 슬픔과 약간의 권태에 절어 있던(마리나드marinade) 바르트의 머릿속에 아이디어 하나가 떠오른다. 문학적 개종이라 할 수 있는 그 무언가가. 그는 생각한다. 문학에 입문하자! 글쓰기에 입문하자! 한 번도 글을 쓰지 않은 것처럼! 사람들은 늘 그의 글과 소설의 유사성을 지적하며 차라리 그냥 소설을 쓰는 게 어떻겠냐고 묻곤 했다. 그럴 때마다 바르트는 내가 쓰는 글이 이미 어느 정도는 픽션이라고 생각한다며 대답을 피했다. 하지만 지금, 마침내 그는 무엇도 사랑할 수 없는 무기력에, 타인들에게 뭔가를 주는 것이 불가능한 불행에 맞서 싸우기 위해 소설을 쓰기로 결심한다. 강의 주제를 '소설의 준비'라고 정한 그는 내친김에 소설의 제목까지 정한다. 『비타 노바Vita Nova』, 바로 '새로운 삶'이었다. 그것은 소설의 제목인 동시에 소설과 함께 시작될 바르트 자신의 삶의 2막을 가리키는 것이기도 했다. 63세의 바르트는 1년이 조금 넘는 시간 동안 강의와 세미나를 진행하며 새로운 소설과 새로운 삶을 함께 준비한다. 하지만 우리는 이미 그의 죽음을 알고 있다. 안다는 것의 슬픔. 1980년 2월 25일, 미테랑과 함께 점심을 먹은 바르트는 콜레주 드 프랑스 앞 에콜 가에서 길을 건너다 작은 세탁소 트럭에 치인다. 그리고 한 달 후인 3월 26일 세상을 떠난다. 그는 결국 소설을 완성하지 못했다. 바르트와 함께 사라진 것은 언어의 7번째 기능이 아니었다. 바르트의 소설, 그리고 새로운 삶이었다.

122

친애하는 친구에게,

명석한 동시에 매우 아름다운 책인 『밝은 방』에 고마움을 표합니다. 당신이 제3장에서, '하나는 표현적인, 다른 하나는 비평적인 두 가지 언어체 사이에서 동요하는 주체'가 되는 것이라고 말한 것은, 그리고 콜레주 드 프랑스에서의 당신의 훌륭한 첫 번째 강의에서 그 의견을 확인한 것은, 나를 놀라게 했습니다.

그러나, 예술가란 그 역시, 표현하는 언어체와 표현하지 않은 언어체라는 두 가지 언어체 사이에서 동요하는 주체가 아니라면 무엇이겠습니까?

예술적 창조의 준엄하며 불가해한 드라마는, 항상 이와 같은 것입니다.

R.B.가 죽었다는 소식을 전화로 받았을 때, 나는 이 편지를 쓰고 있던 중이었습니다. 나는 그가 사고를 당했는지 몰랐으며, 머릿속에서 격심한 고통을 느끼며, 잠시 숨도 쉬지 못한 채 그대로 있었습니다. 그리고, 내가 맨 처음 생각했던 것은 다음과 같은 것이었습니다. 자, 이제 이 세상에는 부드러움과 지성이 얼마간 줄어들었구나. 사랑 또한…… 그가 그의 삶과 글쓰기 속에서 **살게 해주었고 글 쓰게 해주었던** 모든 사랑 말입니다.

그에게는 급작스럽게 후퇴되어버린 이 세상 속에서, 우리가 앞으로 나아갈수록, 바로 그의 것이었던 그 덕목들이 우리에게는 결핍으로 느껴지는 것으로 나는 생각하고 있습니다.

—미켈란젤로 안토니오니*

123
(하늘에서 부디 평안하시길)

124

소설 한 편을 만드는 것 또는 만들지 못하는 것, 실패하는 것 또는 성공하는 것, 그것은 하나의 '실적'이 아니라 '길'입니다. 사랑에 빠지는 것, 그것은 체면을 잃는 것과 그것을 용인하는 것입니다. 따라서 잃을 체면이 하나도 없는 것입니다. 중요한 것은 길, 도정이지, 그 끝에서 발견하는 것이 아닙니다. 환상에 대해 탐사하는 것은 이미 그 자체로 하나의 훌륭한 이야기입니다. "시도하기 위해 희망할 필요도 없고, 지속하기 위해 성공할 필요도 없다."[**]

125

시도하기 위해 희망할 필요도 없고, 지속하기 위해 성공할 필요도 없다. 한때 나는 바르트의 저 말(정확히 말하면 바르트가 인용하는 기욤 도랑주 나소 1세[***]의 말)을 이마에 문신으로 새기고 싶다고 생각했다. 거울을 볼 때마다 상기할 수 있도록. 그 문장은 내 안에서 끊임없이 다른 문장으로 변주된다. 한 권의 책을 쓰기 위해 희망할 필요는 없고, 계속해서 써나가기 위해 성공할 필요도 없다, 삶을 시작하기 위해 희망할 필요도 없고,

---

• 롤랑 바르트, 『이미지와 글쓰기』, 김인식 편역, 세계사, 1993, 206쪽
•• 롤랑 바르트, 『롤랑 바르트, 마지막 강의』, 변광배 옮김, 민음사, 2015, 55~56쪽
••• 16세기 스페인들에 맞서 네덜란드인들의 봉기를 이끌었던 인물.

삶을 이어나가기 위해 성공할 필요도 없다, 금연을 하기 위해 희망할 필요도 없고, 금연을 지속하기 위해 성공할 필요도 없다…… 나는 책상 맨아래칸 서랍을 열어 호프를 꺼낸다. 포장을 뜯고 한 개비를 뽑는다. 그리고 불을 붙인다. 극작가와 시나리오 작가, 그 밖의 모든 작가를 위한 체호프의 조언: 1막에 총이 등장하면 그 총은 반드시 쏘아져야만 한다. 따당따당. 이 책을 쓰기 위해 나는 오랫동안 고민하며 자료를 찾고 개요를 짜고 아이디어를 수집했다. 조각들을 쓰고 버리고 다시 쓰고 버렸다. 여기에 실린 만큼 많은 글을 버렸고, 결국 이 책은 생각과는 전혀 다른 책이 되어버렸다. 따라서 이 책은 실패에 대한 책이 맞다. 나는 담배를 끊는 데 실패했고 영화를 증오하는 데 실패했으며 브루스 윌리스에 대한 이야기를 하는 데 실패했다.

시간을 붙잡으려는 우리의 모든 노력은 결국 실패로 돌아간다. 그런데 그건 정말 실패일까? 내 말은, 무슨 상관이며 난들 알겠는가? 인생은 계속되는 동안 계속되는데. 이 책을 쓰는 동안 내 딸은 걷기 시작했고, 가끔은 뒷짐을 지고 걷거나 손뼉을 치며 걷기도 한다. 엄마, 아빠, 맘마, 까까, 지지, 멈무 같은 단어만 말하던 딸은 이제 손으로 자기 가슴을 두드리며 이렇게 말한다. 나윤아. 자기가 바로 여기 있다는 듯이. 그래, 나윤아.

2016년 가을 나는 문지문화원 사이에서 열린 임재철의 6강짜리 강의 '스탠리 카벨의 세계'를 들었다. 어느 날의 강의에서 임재철은 이렇게 말했다. 도서관이 없다고 상상해야 한다. 자기 집 책장에 있는 책들을 가지고 해결해야만 한다. 그렇게 생각하고 일을 할 필요가 있다. 고민하고 준비하고 모으고 계속해서 부족한 부분을 찾으며 시간을 보내다 보면 끝이 없다. 목숨을 건 도약이 필요하다(비평가들이 이 말을 할 때마다 500원씩 받았다면 나는 진작에 절필하고 햇빛 속에서 삶의 2막을 즐길 수 있었을 것이다). 그는 또 예전에는 외국영화를 볼 수 있는 방법이 없어서 책이나 잡지에 소개된 짧은 글만 보고 영화를 상상해야 했는데 나중에 영화를 보면 십중팔구는 자기가 상상했던 영화가 훨씬 더 재밌었다는 말도 했다. 그가 했던 말이 정확하게 기억나지 않아서 나는 같은 강의를 들었던 박솔뫼에게 메시지를 보냈다. 박솔뫼도 정확한 문장은 기억이 나지 않지만 비슷한 말이었다고, 자기도 종종 그 말을 생각한다고 했다. 그래서 나는 그의 말을 내가 기억한 대로 썼다. 이 책의 많은 부분이 그렇게 쓰여졌다. 박솔뫼는 내게 물었다. 야구선수 임재철은 좋은 선수였을까요? 나름 괜찮은 선수였죠 건실하고 자기 몫은 하는 늦은 나이까지 현역이기도 했고. 내가 대답했다. 박솔뫼는 내 메시지에 하트를 찍었고 우리의 대화는 끝이 났다. 우리가 아는 임재철은 한국의 영화평론가로 서울대 신문학과를 졸업한 후 중앙일보 기자로 일하다 서울 시네마테크 대표와 광주국제영화제 수석프로그래머를 역임하고 이모션북스라는 출판사를 차렸다. 이모션북스는 영화책이나 프랑스의 초현실주의 문학과 관련된 책을 주로 내는 출판사인데 임재철은 더들리 앤드류의 『앙드레 바쟁』을 직접 번역했고 하스미 시게히코의 『영화의 맨살』에는 해설을 쓰기도 했다. 해설의 제목은 「'영화광인' 하스미 시게히코」. 내 생각에 임재철만큼 영화광인이라는 말이 어울리는 사람은 없다. 나는 그 글의 제목이 「광인이 광인에게」가 되었어야 한다고 생각한다.

127

이 책을 쓰는 동안 나는 호프 한 갑을 전부 피웠다. 그 것이 내 마지막 담배다. 마지막 이전의 마지막 담배. 그리고 이 책은 내 마지막 책이다. 이미 계약된 다음 책(조지 오웰에 대한 책이다)과 다음다음 책(여태까지 썼던 비평적 에세이?들을 모은 책이다)과 다음다음다음 책 (아기와 함께 하는 일상에 대한 책이다)을 제외한다면 말이지만. 〈나랏말싸미〉는 내 마지막 영화고 아마 정말 마지막 영화가 될 것이다. 내 마지막 말은 이거다. 뒤라스를 따라서, 이게 다예요.

128

엊그제. 이 책의 막바지 작업을 하던 나는 마지막으로 남은 호프 한 대를 피우기 위해 작업실 베란다에 나갔다. 3월이었고 쌀쌀한 바람이 불었다. 햇빛은 강렬하지 않았지만 그렇다고 흐린 날씨도 아니었다. 담배에 불을 붙이는데 하얀 가루 같은 게 떠다니는 게 보였다. 눈이었다. 눈이구나, 하면서 마지막 담배를 피웠다. 그때 내가 했던 생각들에 대해서는 말하고 싶지 않다. 그리고 담배를 끄려는데, 어느새 눈이 그쳤다. 그러니까 눈은 내가 마지막 담배를 피우는 몇 분 동안 존재하다가 사라져버렸다. 연기처럼. 혹은 영화처럼. 이게 픽션이 아니면 무엇이란 말인가?

129

다른 한편, 그것은 현실이다.

말들의 흐름 2

담배와 영화
Cigarettes and Film

1판 1쇄 펴냄 · 2020년 4월 6일
1판 4쇄 펴냄 · 2022년 11월 7일

지은이 · 금정연
펴낸이 · 최선혜

편집 · 최선혜, 김준섭
디자인 · 나종위
인쇄 및 제책 · 스크린그래픽

펴낸곳 · 시간의흐름
출판등록 · 제2017-000066호
주소 · 서울시 마포구 토정로 33
Email · deltatime.co@gmail.com

ISBN   979-11-965171-7-5 04810
       979-11-965171-5-1 (세트)